London Bridge

DE LA MÊME AUTRICE

Le Chemin des amoureux, Robert Laffont, 2020 ; Pocket, 2021.

Carnets de campagne, Dargaud/Le Seuil, 2022.

Marilyn, dernières séances, Futuropolis, 2022 ; d'après le livre de M. Schneider, Grasset, 2006.

Louison

London Bridge

roman

Flammarion

ISBN : 978-2-0804-1145-7

Pour Vincent, mon plus beau roman.

Une famille pas royale

Le thé est meilleur lorsqu'on le boit dans une tasse à l'effigie du mariage du prince Charles avec Lady Diana. Pourquoi ? Je ne sais pas. En revanche, si l'on y ajoute un nuage de lait, celui-ci caille à tous les coups. Les mauvaises ondes, sans doute, le manque d'amour, sûrement. Pour réussir une mayonnaise, une béarnaise et même une hollandaise, je recommande plutôt de la vaisselle ornée du portrait de la reine Elizabeth II. Les œufs se tiennent à carreau, l'huile de tournesol y fait la révérence, l'émulsion est à chaque fois au rendez-vous. Elizabeth, je la collectionne. En ouvrant la porte de mes placards qui s'envolent jusqu'au plafond, on trouve de tout. Des tasses à une anse, des tasses à deux anses, des tasses sans anse, des bols en somme. Elle est aussi sur des coquetiers, des petites cuillères à café, des cuillères plus grandes pour le dessert, sur des pots à couvercles hermétiques parfaits pour ranger des biscuits ou de la drogue, sans oublier au moins trois paires de salières et un poivrier, sur un couteau à beurre et évidemment sur un beurrier. On la retrouve ensuite sur la, si anglaise, pince à toasts, pour ne pas se brûler le bout des doigts et sur un dé à coudre pour ne pas se piquer le bout des doigts. La reine fait beaucoup pour le bout des doigts des autres.

À différents âges, Sa Majesté défile encore sur tout un tas de modèles d'assiettes, dont le diamètre est plus ou moins grand, la qualité de la porcelaine plus ou moins évidente et la contribution esthétique au monde moderne plus ou moins discutable.

Elles sont pour moi un trésor.

Un trésor inestimable et inestimé jusqu'à présent. D'ailleurs, elles ne sont pas empilées au fond d'un vaisselier comme les assiettes de chez mémé qu'on ne sait plus où ranger à force de ne pas s'en servir, mais j'ai pris soin de les accrocher dans leur grande majorité au mur du couloir qui mène à la cuisine, bien solidement fixées à des cimaises, sous le meilleur éclairage possible, comme dans un musée, où elles auraient toute leur place, selon moi. L'idée d'en décrocher une pour y déguster les restes d'un poulet froid de la veille me fait le même effet que le remariage des divorcés pour l'archevêque de Canterbury.

*

Dans mon salon, l'ambiance est à peu près la même. La pièce est grande, très grande même, certains appartements parisiens de gens de mon âge pourraient y rentrer. Une cinquantaine de mètres carrés, encombrés par endroits comme de tout petits cagibis. Les meubles, dans une écrasante majorité, sont là depuis plus longtemps que moi.

Je vis ici depuis le mariage de Charles et Diana. Celui qui fait tourner le lait dans les tasses. En juillet 1981, le fils aîné d'Elizabeth II épousait presque deux décennies d'emmerdements en tout genre, et à Paris, ma mère me mettait au monde, sans retransmission télévisuelle. Ce fut une belle cérémonie de mariage et j'étais un beau bébé. Ensuite les choses se sont un peu gâtées.

*

J'ai failli quitter cet appartement à la fin de l'été 1997, au moment de la mort de la princesse Diana. Son accident de voiture n'était pour rien dans la possibilité de mon déménagement, celui de mes parents, en revanche, eut son importance. Aucun paparazzi n'a poursuivi mes parents, qui ne sortaient d'aucun palace. Leur chauffeur n'était pas ivre puisqu'ils n'en avaient pas, cependant, l'homme qui a pris l'autoroute à contresens et les a tués sur le coup était rond comme une queue de pelle, m'a dit ma grand-mère. C'est d'ailleurs l'une des rares choses qu'elle arrivait encore à dire dans les derniers mois de sa vie passés à mes côtés. Quand mes parents sont morts je venais juste d'avoir seize ans, et même si cela m'a fait grandir d'un coup, même si plus jamais je ne me suis sentie une enfant à partir de ce matin où la police est venue sonner à la porte pour m'annoncer que j'étais orpheline, j'étais encore considérée comme une mineure et ma grand-mère fut désignée comme ma tutrice légale. Qu'importe qu'elle perdît la boule, semaine après semaine. Qu'importe que ce fût plus à moi de m'occuper d'elle que l'inverse, nous étions ensemble pour deux années. Pour le meilleur et pour le pire. C'était la loi.

*

Deux ans avec mémé à la maison. Ce fut une colocation parfois pénible, souvent lunaire, rarement normale. Elle s'était fixé un objectif : que j'obtienne mon bac. Je m'étais fixé le mien : vérifier. Vérifier qu'elle respirait encore le matin, vérifier qu'elle n'allait pas mettre le feu à la cuisine en préparant son café, vérifier qu'elle n'oublie pas de mettre une culotte avant d'aller acheter ses cigarettes, vérifier qu'elle ne mette pas non plus le feu au salon avec les mêmes cigarettes, vérifier qu'elle prenne bien ses médicaments du lundi le lundi, et pas ceux de toute la semaine en une fois pour « gagner du temps », comme elle l'avait déjà fait, avant de tout dégobiller sur le tapis. Je vérifiais également, à sa demande, à quelle heure commençaient les programmes portant de loin ou de près sur le destin brisé de la princesse de Galles.

Ma grand-mère, ensevelie par le chagrin qu'avait fait naître la mort de sa fille unique, avait développé une passion débordante pour tout ce qui touchait à Lady Di. À certains moments, je pense que son cerveau qui se noyait lui aussi dans les larmes qui n'avaient pas encore coulé, n'arrivait plus à distinguer ma mère de l'ex du prince Charles et elle ne voulait pas perdre la moindre occasion télévisuelle de revoir son enfant. Qu'importe si ma mère était, en réalité, une petite brune à cheveux longs.

*

Deux autres personnages publics avaient leurs ronds de serviette dans le cœur de ma grand-mère depuis la mort de mes parents : Pierre Bérégovoy et Michel Drucker. Sa passion pour l'ancien Premier ministre était assez simple à comprendre pour tout psychanalyste en herbe. C'est un homme qui s'était donné la mort, un homme que personne n'avait pu sauver et ma grand-mère, quand elle l'évoquait, pouvait enfin laisser s'exprimer toute sa culpabilité sans en faire naître chez moi. Bien sûr, qu'en fait elle se foutait de la mort du Premier ministre survenue plus de quatre ans avant celle de sa fille. Bien sûr, qu'elle n'avait pas pensé que quoi que ce soit qu'elle ait pu faire aurait changé le cours de la vie de cet homme. Mais elle avait besoin de se répéter, plusieurs fois par jour : « Et ce pauvre Bérégovoy, on n'a rien fait pour le sauver, il est mort comme un clébard. » Dans les derniers jours de sa vie, elle ne répétait plus, des heures durant, que : « Comme un clébard. » Ma mère était morte, ma grand-mère n'y était pour rien, et pourtant, la culpabilité l'a rongée cellule par cellule. Dans les derniers jours, son cerveau a même réécrit l'histoire : lassé de la politique, Pierre Bérégovoy s'était retiré de la vie publique pour aller fabriquer du fromage de brebis en Ardèche. Ma grand-mère aimait le fromage, elle aimait les brebis, elle aimait l'Ardèche j'imagine, et son cerveau avait tricoté un nouveau pull de réalité dans lequel les gens ne meurent pas mais vont affiner du lait caillé quelque part en France.

*

L'autre passion de ma grand-mère était donc Michel Drucker, qui lui incarnait tout l'inverse en étant toujours là, quoi qu'il advienne, sur l'autoroute, sous le pont de l'Alma, ou ailleurs.

Contrairement à la princesse de Galles ou à mes parents, Michel était le symbole de la longévité imperturbable et, ça, ma grand-mère appréciait beaucoup. Les émissions hommages à Lady Di présentées par Michel Drucker provoquaient chez ma grand-mère de vrais moments de pure extase tranquille. Elle semblait alors se fondre dans le velours couleur tilleul des coussins du canapé.

Elle était bien, elle oubliait le chagrin.

Merci, Michel.

*

Contrairement à ma grand-mère, je n'avais pour ma part aucune sorte d'affection, encore moins d'admiration pour la princesse de Galles. Il était difficile de ne pas lui en vouloir d'avoir volé la vedette à mes parents, d'avoir été en quelque sorte une éclipse funéraire. Je me suis tue au départ, mais à force d'entendre « ses parents sont morts comme Lady Di » semaine après semaine, j'ai fini par me crisper. Cela dit, je peux la remercier aussi, car c'est grâce à ce malheureux enchevêtrement de drames qu'est née, chez moi, une tendance à l'humour noir, qui allait ensuite me tenir compagnie bien plus longtemps qu'un chien. Par exemple, quand j'ai lancé à l'enterrement de mes parents : « Comme quoi, Mercedes ou Twingo, on meurt pareil », j'ai senti comme un froid dans l'assistance.

Ma mère adorait sa Twingo.

Mes parents étaient riches mais n'avaient pas pour autant développé de passion pour les voitures. Ma mère trouvait que la Twingo ressemblait à un petit crapaud. Mon père trouvait qu'elle était pratique pour faire les créneaux. Il aimait aussi beaucoup se garer en double file devant les restaurants gastronomiques les plus chics, et confier fièrement la clef au valet en lui disant : « Et vous en prenez soin, hein. James Bond a la même ! » Le vieux pompon qui y pendouillait, que j'avais fabriqué sans talent ni enthousiasme pour une fête des Mères en maternelle, terminait d'achever le tableau. Avant de ressembler à une récompense du cinéma français, la Twingo n'a jamais eu la moindre égratignure. Le pompon, lui, a survécu à l'accident et m'a été rendu avec le portefeuille de mon père et le bi-bop de ma mère.

Il pendouille toujours à mon trousseau de clefs.

*

La plaisanterie sur les voitures en plein double enterrement n'avait donc pas trouvé son public. Ma grand-mère avait fait semblant de ne pas entendre. Le curé avait regardé ses pieds comme si le visage de la Vierge venait d'y apparaître. Moi, j'avais vu dans leurs regards la différence. En une phrase, en un éclair, j'étais passée de l'orpheline à l'orpheline avec un humour de merde. Ça m'a beaucoup plu et j'ai décidé, à cet instant précis de silence gêné et de gorges qui se raclent, que l'incongru serait mon nouvel uniforme. Dans les yeux de ma grand-mère, j'ai plutôt aperçu que j'allais devoir des heures et des heures durant éplucher *Point de vue* pour me faire pardonner. Le prix à payer pour avoir essayé de rire quand c'est pas drôle.

*

Ma grand-mère était la mère de la mienne. Leur ressemblance physique était telle que peu de gens étaient capables de les distinguer sur les clichés pris au même âge, tout au long de leur vie. C'est ainsi que j'ai pu, malgré la mort brutale de ma mère à cinquante-deux ans, fréquenter l'octogénaire qu'elle n'a pas eu l'occasion d'être. C'était un peu doux, un peu fou, et au fond un peu triste.

Avec moi, ma grand-mère n'a pas eu la même chance de pouvoir revivre la fin d'adolescence de sa fille unique. De la couleur de mes cheveux à la fossette sur le menton, j'ai été dès ma naissance la copie conforme de mon père. La passion pour les restaurants gastronomiques et les créneaux de Twingo en moins.

*

La famille de mon père était riche. La famille de ma mère était riche. Pas de jaloux. Mes parents n'ont eu qu'un enfant, moi. Pas de jaloux non plus. Il faut dire qu'ils ont beaucoup hésité avant de me fabriquer. Ils se sont rencontrés sous De Gaulle, se sont aimés sous Pompidou, m'ont conçue sous Giscard et je suis née sous Mitterrand. Et puis ils sont morts sous Chirac, mais je crois que ce n'était pas vraiment ce qu'ils avaient prévu.

Mon père a perdu ses parents assez jeune. Ça doit être un truc de famille, comme la fossette au menton. Dans son cas, pas de voiture lancée à contresens sur l'autoroute A5, mais de très ordinaires cancers qui les ont emportés à quatre mois d'intervalles. D'abord mon grand-père, puis ma grand-mère. Comme ces perruches qui ne supportent pas de rester séparées de leur inséparable, ma grand-mère a commencé à se plaindre du ventre, sur le chemin qui la ramenait du cimetière à chez elle. Bientôt une grosse tumeur à l'estomac lui coupait l'appétit et lui écrasait le cœur. Quelques semaines après, la perruche est morte, maigre comme un petit moineau.

Mon grand-père, lui, était mort d'un cancer du poumon, qui a traîné des années, sans le romantisme de celui de ma grand-mère. Il fumait beaucoup et depuis trop longtemps. Des brunes, sans filtre et sans retenue. Dans la famille, les hommes meurent de leurs travers et les femmes d'amour.

*

Si ma mère est morte, c'est par amour pour mon père. Si mon père est mort, c'est par amour pour le pigeon farci aux girolles servi uniquement dans un restaurant près de Melun. Bien sûr, mon père aimait ma mère. Mais il aimait aussi le pigeon. Et la biche. Et la terrine. Et le pousse-café. L'amour des bonnes choses. C'est ce qui plaisait à ma mère, qui n'avait même pas l'air de se rendre compte qu'elle reproduisait avec lui un traumatisme d'adolescente.

En effet, le jour de ses seize ans, au beau milieu d'un repas, alors que se posait la question de savoir quelle troisième bouteille de vin choisir pour l'arrivée prochaine du fromage, son père s'était effondré, la tête dans sa seconde assiette de purée au beurre. Raide mort. Infarctus terrassant. Le médecin assis trois tables à côté avait passé de longues minutes à essayer d'enlever la purée qui débordait de ses trous de nez pour lui faire un bouche-à-bouche. C'était surtout un geste de politesse pour les vivants qui restaient, tant il était évident que mon grand-père avait quitté ce monde de façon tonitruante et définitive, les doigts et les lèvres bleus, en manque d'un sang qui est allé couler ailleurs.

De cet épisode, ma grand-mère a gardé un profond dégoût pour tous les plats comportant des ingrédients écrasés.

*

Il ne restait donc qu'elle et moi, les seules survivantes de cette famille, théoriquement programmées à vivre au moins cent ans, dès lors que nous évitions cigarettes brunes, purée et balade nocturne en Twingo. Mais la théorie oublie les trous que le chagrin fait dans la tête et le cœur, et ma grand-mère est morte quelques jours après mon dix-huitième anniversaire, et quelques heures avant ses quatre-vingt-cinq ans. Elle n'a pas connu le nouveau siècle qui arrivait à grands pas ni le troisième millénaire qui n'était de toute façon pas vraiment fait pour elle. Elle n'est pas morte comme une perruche privée de son mâle, mais comme une mère qui s'éteint tout doucement d'avoir connu la teinte de bois du cercueil de sa fille unique.

Un matin, comme chaque matin de notre colocation, je suis venue vérifier qu'elle respirait encore et elle ne respirait plus.

C'est ainsi qu'à dix-huit ans et onze jours, je me retrouvais vraiment riche, et vraiment seule.

*

Mes parents n'ont pas eu l'occasion de me dire ce qu'ils avaient imaginé pour mon avenir professionnel, moi, leur seule et unique héritière. Leur fortune était constituée essentiellement de biens immobiliers, dont des gestionnaires s'étaient toujours occupés pour eux, et s'occuperaient désormais pour moi.

À ce patrimoine s'ajoutait dorénavant l'héritage de ma grand-mère dont je laissais, là aussi, les détails administratifs dans les mains de personnes dont c'était le métier. L'argent allait continuer à ne pas être un problème, comme c'était le cas depuis ma naissance. Mes parents, dès que j'ai été en âge de comprendre, m'ont bien expliqué notre situation et le privilège que cela constituait, afin de ne jamais faire de moi une petite fille gâtée, coupée de la réalité du monde et donc des gens. Ils ont presque réussi. J'ai toujours mesuré la chance qu'il y avait à ne pas se poser la question des fins de mois quand il reste encore trois semaines à venir. J'ai appris, également, quand toute ma famille a décidé de me quitter à intervalles assez réguliers, à ne pas avoir peur que l'argent, lui aussi, m'abandonne. Enfin, j'ai compris très tôt que, si l'argent faisait bien le bonheur, il ne fallait pas trop le dire car il n'y en avait pas assez pour tout le monde. Mais malgré ça, malgré une pleine conscience du réel, je n'ai jamais réussi à m'intéresser un tant soit peu aux autres.

*

Orpheline, bachelière et riche, je décidai, comme l'avait fait ma mère avant moi, de m'inscrire dans un cursus d'études secondaires qui me plaisait, ou plutôt me divertissait, histoire d'occuper mon temps et mon cerveau avec autre chose que le constat flagrant d'être la dernière pomme du pommier. Ne pas avoir à se soucier de choisir une voie pragmatique, assurant ce fameux débouché qui permet de trouver un emploi dans un monde toujours entre deux crises, était un marchepied efficace pour ma créativité. Sur les mêmes constats, ma mère avait choisi l'archéologie. C'est vous dire la bonne santé financière de sa famille. J'optais, pour ma part, pour l'histoire de l'art.

Grâce à un certificat médical de franche complaisance, j'avais fait établir qu'une grave agoraphobie m'empêchait d'assister aux cours, et que tout devrait se faire par correspondance. Un chèque à cinq chiffres, à peine déguisé en grassouillet don pour le département, avait fini de convaincre l'ensemble des professeurs et chargés de travaux dirigés de se plier à l'exercice de remplir et d'envoyer chaque semaine une large enveloppe en papier kraft renforcé, pleine des cours à venir.

L'argent ne fait pas le bonheur, hein. Ce qu'on peut nous dire comme conneries tout de même…

*

Pendant cinq années, ce ballet d'enveloppes et de chèques m'a permis de suivre un cursus qui s'est révélé finalement assez enthousiasmant, alors que je n'étais pourtant pas très portée sur l'enthousiasme. Seule chez moi, j'engrangeais des savoirs qui n'allaient pas me servir à grand-chose et cela me plaisait. Puis seule au Louvre, j'allais voir en vrai les tableaux, gravures et sculptures que j'avais aperçus sur des photocopies en noir et blanc ne leur rendant pas vraiment justice. Seule au Louvre n'était pas une expression, je passais des heures littéralement seule là-bas. C'était un luxe qui ne me coûtait cette fois pas un centime. L'un des amis d'enfance de mon père était depuis le milieu des années 1990 conservateur au musée, et avait pour habitude de faire venir mes parents le jour de la fermeture, pour des visites tranquilles. Non pas que mes parents n'aimaient pas les gens, mais il était difficile de dire non à une telle proposition, à un tel privilège, auquel ils avaient fini par prendre goût. Parfois ils m'y emmenaient. Ne forçaient jamais les choses si je refusais, même si c'était pour regarder le club Dorothée plutôt que des Le Tintoret.

Après leur mort, et conscient qu'il ne pourrait pas faire grand-chose de plus pour moi, l'ami m'avait transmis en héritage le même petit privilège des visites du mardi. En 2005, il était nommé à la direction du centre Pompidou, m'offrant ainsi un nouvel accès, cette fois à l'art moderne, et toujours le mardi. En 2011, il mourait brutalement d'une crise cardiaque, un jour d'été un peu trop chaud, en plongeant dans l'eau de sa piscine un peu trop froide. Sa mort ne m'a pas surprise. Et puis ça changeait de la purée.

Au creux de la main

C'est en rangeant les affaires de ma grand-mère, à la fin de cet été qui l'avait vue mourir, que j'ai fait la connaissance de la reine Elizabeth. Un dimanche d'ennui, où le temps estival se laissait de plus en plus grignoter par un automne qui attendait patiemment son tour. Dans l'une des nombreuses chambres inutilisées de cet appartement trop grand, ma grand-mère avait entassé sa précieuse collection de souvenirs et articles consacrés à la princesse de Galles. Ainsi encombrée, la pièce avait une allure de placard avec un lit plutôt que de chambre. Ma grand-mère ne faisant que perpétuer une tendance générale à cet immense appartement, devenu avec les années, une sorte de tonneau des Danaïdes familial, qu'on essayait de remplir autant qu'on le pouvait, mais qui semblait créer une chambre supplémentaire dès qu'une autre était comble. La pièce à côté de la chambre Diana était ainsi pleine des maquettes d'avion de mon père. Celle juste en face, quant à elle, débordait des livres d'archéologie et des pelotes de laine de ma mère – femme étonnante qui aimait contempler des silex en tricotant des chaussettes. Dans la chambre « Diana », pas de quoi se réchauffer les pieds, mais des sortes de buildings miniatures bringuebalants, faits de magazines en papier glacé qui glissaient les uns sur les autres et de gros classeurs à couvertures rouges et rigides sur lesquelles on pouvait lire : « Photos Princesse 1994 » ou encore « Enterrement n° 1 ». Dans des cadres dépareillés posés un peu partout dans la pièce, les photos que ma grand-mère préférait de sa princesse. Celle du mariage en robe meringue bien sûr, qu'elle avait pris soin de placer dans le sous-verre de façon à couper le prince Charles, ou encore le cliché du dernier été de Diana, rêveuse, faussement mélancolique car se sachant paparazzée, sur le ponton d'un yacht. Preuve irréfutable de sa dégradation assez rapide, ma grand-mère, femme au goût très sûr tout au long de sa vie, avait choisi pour cette photo un cadre si laid qu'il en était comique, au point que j'avais été prise d'un fou rire en découvrant la princesse de Galles coincée dans le cadeau promotionnel d'une station essence. « L'été sera chaud chez Esso », criait le chameau en plâtre à la base dudit cadre. Effectivement, pour Lady Diana Spencer, l'été 1997 ne fut pas de tout repos.

*

J'avais prévu de tout jeter. Tous les *Paris Match*, en double, en triple. Tous les tabloïds à la ligne éditoriale douteuse que ma grand-mère allait chercher chaque semaine au kiosque à l'angle du boulevard Saint-Germain et de la rue Saint-Benoît. Au moment où je me lançais dans ce grand ménage, le ramassage des journaux pouvait se faire une fois par semaine seulement, dans des bacs dont le couvercle bleu ne permettait pas de jeter de grandes quantités du premier coup. Je me consacrais volontiers à ce travail de fourmi, petit paquet par petit paquet, cinq ou six magazines maximum, pour ainsi évacuer au compte-gouttes les traces de ce qui me semblait être alors un délire de fin de vie.

Au fur et à mesure de ce ballet bien peu réjouissant, mes gestes se faisaient de moins en moins précis, de plus en plus emmêlés. Ramasser une grosse pile, ouvrir la porte de l'ascenseur, mettre mes clefs dans ma poche arrière, poser les journaux sur le sol du local poubelle, appuyer sur la minuterie, me pencher pour récupérer un paquet dans la pile, compter jusqu'à six magazines, glisser le tout dans la fente découpée dans le plastique bleu, réappuyer sur la minuterie, recompter, remonter, remettre les clefs dans la poche arrière, jusqu'à ce que les choses s'emballent et que je manque de glisser mon trousseau cliquetant dans la poubelle en faisant tomber au sol une énorme pile de papier glacé. Dans un râle et sans souplesse, je me penchai en avant pour ramasser cet héritage plus qu'indésirable.

C'est à cet instant précis que je l'ai vue.

*

Toute de noir vêtue, un chapeau aux allures de capuchon d'encrier dont dépassaient des bandes de cheveux aussi sagement arrangées qu'argentées, le visage verrouillé à triple tour. La tristesse ne faisant aucun doute. Et pourtant, en grandes lettres grasses au-dessus de la photo, un titre en anglais semblait lui reprocher une carence en émotions, un chagrin pas assez visible, une attitude *shocking* à souhait. Le rédacteur en chef du journal aurait-il voulu que la monarque se roule par terre en battant des jambes, s'étranglant à moitié dans un mélange de larmes et de morve se mouchant maladroitement dans le pantalon du prince Philip ? Aurait-ce été suffisant ? Lui aurait-on encore reproché de ne pas être « assez triste » ?

Pas assez triste.

C'est exactement ce que l'on m'a dit le jour de l'enterrement de mes parents. Enfin, on ne me l'a pas dit en soi, mais plutôt on me l'a fait comprendre sans relâche pendant la cérémonie, et après.

Pas assez triste.
Pas assez de larmes.
Pas assez de morve.
Vilaine orpheline.
Vilaine reine.

*

Remontée dans mon appartement, je ne lâchais pas du regard le journal et Elizabeth II. Sans même m'en rendre compte, j'allais m'asseoir dans ce fauteuil où ma grand-mère avait passé des heures à éplucher de ses yeux fatigués les pages de *Point de vue*.

Les jambes repliées en tailleur jusqu'à en avoir des fourmis au bout des orteils, je scrutais chaque millimètre carré du visage de la reine, au point de le voir imprimé sur mes rétines en négatif lorsque je clignais des yeux. Je voulais voir ce que l'on ne voyait pas. Voir ce qu'elle ne voulait pas montrer, mais qui était là. Mon regard finit par se poser sur sa main gauche. Gantée de noir, comme la droite, elle était cependant refermée en un petit poing serré, là où l'autre, grande ouverte, pointait du doigt la montagne vomissant des fleurs de cellophane et du bolduc devant les grilles de son palais. Cette main fermée me parlait. Je la reconnaissais.

Quand mes parents sont morts, j'ai beaucoup, beaucoup, pleuré, mais toujours seule, à l'abri du regard des autres, et surtout de celui de ma grand-mère, pour ne pas lui faire encore plus de peine. J'ai tellement pleuré à cette époque que j'ai développé par la suite une sinusite chronique qui ne m'a pas lâchée pendant des mois. Mes sanglots étaient si gros qu'il n'était pas rare que je vomisse mes larmes en fin de chagrin. Toutes les phases du deuil finissaient au fond d'une cuvette, teintée de bleu par ce bloc Canard W.-C., summum du chic selon ma grand-mère. La tristesse, la colère, la culpabilité se mélangeaient au cyan chimique. Coupable, je l'étais, car si mes parents étaient morts c'était bien sûr de ma faute. Plus tard, une psychologue vue une fois, quelques semaines après l'enterrement, surtout pour faire plaisir à ma grand-mère, m'a dit cette phrase étrange : « Vous savez, être coupable c'est être capable. » J'ai compris en sortant de son cabinet ce que je savais déjà : ce n'était donc pas de ma faute si mes parents étaient morts, et cette idée me paraissait encore plus insupportable.

Je ne suis jamais retournée chez la psy après. J'aurais dû peut-être.

*

À la place, j'ai continué à pleurer en douce, dérobée au regard des autres, peinarde dans ma tristesse. La seule trace qu'il restait de ces chagrins en cachette, c'était le mouchoir en papier, trois fois mouché, plein de litres de larmes et de kilos de morve, compressé dans la paume de ma main jusqu'à devenir une sorte de petit caillou de papier mâché. De papier mouché. Des semaines durant, j'ai eu le poing replié ainsi, agrippant ces faux galets, ces minuscules morceaux de cellulose qui se succédaient dans mon poing sans faillir. Je dormais avec, et même au réveil de nuits pleines de cauchemars, la boule de chagrin était toujours là, au creux de ma main. Elle ne m'avait pas abandonnée, elle.

Je regardais cette photo de la reine, son petit poing replié au-dessus de son sac à main assorti à sa robe, ses chaussures, son chapeau et à l'ambiance générale du pays et je pensais : « Toi aussi tu as ta boule de chagrin au creux de la main. » Dès lors, un lien se tissait entre nous, une amitié unilatérale naissait, et ma collection, elle, commençait.

*

Je décidai d'aller à Londres à la mi-décembre, alors que les fêtes de Noël pointaient le bout de leur nez. La perspective d'être seule à cette période dans ce trop grand appartement et d'entendre au travers des cloisons la vie normale et festive chez les autres ne me disait vraiment rien. Après la mort de mes parents et pour les deux Noëls que nous avons fêtés toutes les deux, ma grand-mère s'était assurée que je sois plongée dans la féerie jusqu'aux trous de nez. Pendant la dizaine de jours qui précédait le matin du 25, elle faisait tourner en continu sur la chaîne hi-fi du salon un CD de chansons pleines de grelots et puant le houx, si le houx avait eu une odeur. Récupérant des pelotes dans les réserves de laine de ma mère, elle m'avait même tricoté une chaussette avec mes initiales sans vraiment se rendre compte que m'appelant Sophie Seguin celles-ci formaient le sigle SS et que c'était quand même étonnant de voir suspendue au-dessus de la cheminée une chaussette de nazi. Sans se rendre compte non plus que j'étais déjà à un âge où les chaussettes à suspendre n'avaient plus rien de festif, et ce, depuis longtemps. Elle était imperturbable dans sa mission, qui était de me faire sentir le moins possible comme l'orpheline abandonnée que j'étais pourtant, et que j'allais de plus en plus être, fatalement.

Ces deux Noëls ont été de bien étranges moments dont il me reste une série de Polaroid pleins des cadrages aléatoires de ma grand-mère et de guirlandes lumineuses multicolores faisant griller à certains endroits de quelques clichés la couche photosensible de la pellicule. Sur les photos de son dernier Noël, on devine assez distinctement, en observant son regard perdu, que la tête de ma grand-mère est déjà pleine de trous et de souvenirs mélangés de princesse de Galles, de Michel

Drucker et de la production des fromages AOL de Pierre Bérégovoy.

*

Pour ce premier Noël seule, je n'accrochai pas ma chaussette SS au-dessus de la cheminée mais la glissai au fond d'une valise, avec trois pulls à col roulé qui grattent, un bonnet, quelques culottes et l'équivalent de 20 000 francs en livre sterling. Direction l'Angleterre. Comme la reine elle-même, cinq ans auparavant, lors de l'inauguration de ce fameux tunnel reliant son île au continent, je montai à bord de l'Eurostar pour traverser la Manche par le dessous. Mais sans François Mitterrand, pour des raisons évidentes de trépas. Prendre le même train qu'elle, ou, en tout cas, effectuer le même trajet me remplit d'une émotion bien plus forte que l'idée de monter à bord d'un train qui passe sous la mer plutôt que sur la terre. Pourtant, je me souvenais de la première fois où mon père m'avait parlé de ce fameux tunnel sous la Manche quelques mois avant sa mise en service et d'avoir immédiatement demandé si l'on verrait des poissons par les fenêtres, faisant rire à gorge déployée mon père, puis ma mère à qui il répéta ma question d'enfant. Je me souvenais m'être ainsi plongée, si j'ose dire, dans une honte tenace, nourrie par leurs gloussements comme un feu de cheminée l'est du petit bois ou du journal de la veille roulé en boule. Maintenant que je passais sous la Manche en train, je comprenais la bêtise de ma question, mais toujours pas le rire de mes parents. Il était un peu tard pour leur demander des comptes. Les morts n'ont plus jamais besoin de se justifier. Ça les arrange, j'imagine.

En arrivant à Saint-Pancras, la présence de la reine, si près de moi désormais, me faisait friser la tachycardie. Je prévins mon cœur de rester bien en place car l'hôtel que j'avais réservé était à quelques centaines de mètres à peine du palais de Buckingham. La savoir si près de moi serait en quelque sorte un cadeau de Noël de moi à moi, et la meilleure façon de passer les derniers jours d'un siècle, qui allait lui aussi me quitter.

Comme tout le monde.

*

Dix jours plus tard, dans le train faisant le voyage dans l'autre sens, je réussissais, non sans efforts, à caler dans le compartiment prévu à cet effet une valise boulimique, dégoulinante de mes achats. Pour parfaire le tableau, étaient posés tout autour, ou plutôt dans les rares espaces laissés vacants et dans un équilibre plus que précaire, un mélange coloré, assez étrange, de sacs de magasins très chics en papier verni vert bouteille et ruban de satin assorti, tire-bouchonnés contre de très modestes sacs en plastique jetables de teintes criardes, pour la plupart au bord de l'implosion comme en témoignaient les nombreux endroits rendus quasiment transparents par l'effort de contenance imposé. Je rapportais à Paris tout ce que j'avais pu prendre de Londres avec deux bras, dix doigts, et une valise. Des souvenirs. Tous inutiles. Tous indispensables.

Le chauffeur qui m'attendait sur le quai de la gare du Nord avec mon nom inscrit sur une ardoise effaçable laissa glisser dans son regard, juste un instant, une remise en question totale de son choix de carrière, quand il me vit arriver jusqu'à lui avec ce quintal de bagages supplémentaires. Je provoquai même un petit embouteillage au niveau des grilles qui délimitent le quai des Eurostar, lorsqu'un des sacs en plastique céda sous l'effort et déversa son contenu sur le sol. Mon cri fit trembler la moitié des voyageurs autour de moi. Le « si j'ai cassé une tasse, je meurs », finit d'agacer ceux qui poireautaient derrière. Ce n'était pas une tasse. Heureusement, c'était un ensemble « sel et poivre », le tout premier, si bien emballé dans du papier bulle qu'il roula doucement jusqu'aux pieds du chauffeur. Se pencher pour le ramasser lui colla immédiatement une goutte de sueur en haut du front, et je pensai à ce moment-là que la partie de Tetris pour tout faire rentrer dans son coffre allait être pour lui plus sportive que prévu. Quelques minutes plus tard, alors que nous avions déjà rangé la moitié de mes bagages et histoire de lui donner, pensais-je, une motivation supplémentaire, je lui expliquai dans un sourire : « Vous savez, on a sous les yeux un véritable trésor ! » L'argument n'eut pas l'effet escompté. Il n'eut aucun effet d'ailleurs.

*

Rentrée chez moi, je pouvais enfin dépaqueter et contempler mon butin. J'avais beau l'avoir intégralement constitué, chaque ouverture de paquet, chaque couche de papier journal enlevée faisait naître chez moi une frénésie semblable à celle des enfants le matin de Noël. Je commençai par déballer le fameux ensemble salière poivrier, trouvé dès ma première heure sur le sol anglais. En faisant la queue pour acheter une *oyster card*, la carte orange locale, j'avais jeté un coup d'œil dans un bac à souvenirs plus ou moins en bon état, tous bradés à une livre et cinquante cents. Certains étaient cassés, d'autres, comme cet ensemble à l'effigie de la reine et d'un de ses corgis, n'avaient pas trouvé leur public. Les corgis, ces fameux chiens aux airs de renard boudiné qui, quand ils se déplacent, semblent twerker sur du Beyoncé. L'ancien prix masqué sous la nouvelle étiquette était dix fois supérieur et je me félicitai d'avoir fait une si bonne affaire. Dès mon deuxième achat dans une autre boutique près de mon hôtel, je compris que mon sens du commerce ou la chance n'avaient rien à voir avec tout ça. En cette fin d'année 1999, la reine n'avait pas le vent en poupe auprès des touristes et donc des marchands de souvenirs. Il n'y en avait que pour la princesse de Galles. Partout. Absolument partout. Dans chaque magasin, les mêmes photos de Diana, celles qu'appréciait aussi ma grand-mère d'ailleurs. Tantôt dans la fameuse robe meringue du jour de son mariage, tantôt seule sur le fameux plongeoir de quelques semaines avant sa mort. Souvent en robe avec autant d'épaulettes que de satin froncé, trahissant l'époque cruelle en termes de mode à laquelle la photo avait été prise. Toutes avaient en commun d'être légendées par les mêmes mots « *beloved* », « *true princess* » et le contagieux : « *Queen of our hearts* ». Dès cette deuxième boutique, à quelques encablures de Buckingham Palace, je comprenais que mon envie de souvenirs royaux allait se transformer en véritable chasse au trésor, et qu'à côté les plus fines aiguilles dans les plus épaisses bottes de foin me paraîtraient bien faciles à trouver. Mais il n'était pas question de se décourager, et puis ce n'est pas comme si j'avais prévu d'autres choses à faire pendant ce séjour. Ou même après, d'ailleurs.

*

Et c'est ainsi qu'à l'aube du XXIe siècle, dès cette deuxième boutique, je manquai de provoquer un incident diplomatique frôlant une perspective d'un troisième conflit mondial. Le 11-Septembre était encore loin devant nous, quand j'ai failli perturber l'équilibre entre les membres de l'OTAN, en détruisant une pile d'assiettes où Lady Di attendait désespérément le prince Charles devant le Taj Mahal. Ce désastre de porcelaine n'était presque pas de ma faute, car sous cette douzaine de plats s'en cachait un treizième, merveilleux. À l'abri des regards sauf du mien, une assiette commémorant les vingt-cinq ans de règne de la reine Elizabeth m'attendait. Là encore, l'étiquette décolorée par le temps m'indiquait qu'elle m'attendait même depuis longtemps. Le fracas des assiettes Diana me sembla être un prix à payer tout à fait raisonnable pour ce joyau. Littéralement, car je réussis à éviter l'esclandre en proposant à l'homme au turban qui me hurlait dessus dans une langue impossible à identifier, un mélange d'anglais et de colère pure, de tout lui payer. L'argent ne fait pas toujours le bonheur, hein, mais il achète drôlement bien la tranquillité. Je déballais désormais cette merveille dans mon salon, et l'effroyable bruit de faïence réduite en morceaux n'était qu'un vague souvenir. En défaisant les nombreuses couches de papier journal autour du troisième objet, une tasse, ma première tasse à l'effigie d'Elizabeth II, je me souvenais de la leçon sur l'existence que cet objet incarnait désormais.

C'est dans une boutique de souvenirs près de Hyde Park Corner, où pendant de longues minutes je fouillai chaque recoin tel un basset hound qui ne sait plus où il a enterré son os, que je la trouvai. Échoppe après échoppe, je commençais à développer une technique de chasse assez redoutable, ne laissant passer aucun centimètre carré hors de mon inspection. Les fonds d'étagères étaient mon terrain de prédilection et c'est d'ailleurs exactement là que je trouvai la tasse. Ce n'était pas la plus belle ni la plus rare dans la collection qui suivrait, mais c'était assurément ma préférée, aucune négociation n'était possible. Une fois à la caisse, alors que le vendeur l'emballait sans enthousiasme, imperméable à ma joie, je lui demandai un conseil pour trouver les horaires de relève de la garde devant le palais à quelques dizaines de mètres de là. Sans un mot, juste d'un son râlé de fond de gorge, il me tendit un prospectus en papier glacé mille fois plié et mille fois déplié sur lequel on pouvait trouver la précieuse information. Avant Internet, les prospectus pliés c'était quelque chose tout de même. Alors que je le remerciais et récupérais ma tasse, il marmonna à nouveau quelque chose que je le fis répéter trois fois, honteuse, mais persuadée que l'information avait son importance puisqu'il avait daigné me la transmettre verbalement. « En ce moment les horaires sont avancés d'une heure. » Mon cœur se mit tout à coup à battre beaucoup plus vite, je serrai plus fort ma tasse contre moi. « Pourquoi ? » demandai-je en desserrant à peine les dents.

— Parce que la reine n'est pas là.

*

En effet, le jour même de mon arrivée, dans mon ignorance la plus totale, le pavillon flottant au-dessus du palais de Buckingham s'était abaissé. Alors que je posais un pied sur le quai de la gare de Saint-Pancras, insouciante, la reine, elle, montait dans un autre train et filait prendre ses quartiers d'hiver à Sandringham, petite ville située à deux cents kilomètres au nord de Londres, où toute la famille royale avait ses habitudes pour les fêtes.

Je déambulais, sonnée, dans Hyde Park, mon sac en plastique aux couleurs de l'Union Jack au bout de mes doigts gelés. Le froid me prenait les tympans en étau si fort, comme s'il cherchait à faire sortir ma cervelle par les trous de nez. C'était très douloureux, mais pour autant je ne pensais pas à mettre mon bonnet, ce bonnet tricoté par ma mère dix ans plus tôt. Il m'allait très bien car ma mère avait prévu un peu grand, à l'époque. Elle avait dissimulé son absence de compas dans l'œil avec un argument implacable. « Tu vas plutôt grandir que rétrécir, hein ! » me l'enfilant sur le crâne et constatant qu'il me tombait sur le nez pour ne pas dire sur le menton. Pendant qu'elle essayait de le rouler à coups d'ourlet pour me permettre de voir, en dégageant mes yeux, mon père s'était gentiment moqué d'elle et lui avait conseillé de faire plutôt des écharpes. Elle avait râlé, mais finalement écouté son mari et le bonnet qui était en boule au fond de la poche de mon manteau était resté son unique tentative. En revanche, des kilomètres d'écharpe étaient sortis de sous ses aiguilles.

Des heures durant, je marchais, essayant de comprendre de quoi était fait ce chagrin noué dans mon ventre. Puis, à la tombée de la nuit, rentrant dans ma chambre d'hôtel j'étais demeurée de longues minutes assise sur le lit, la fermeture éclair de mon manteau toujours remontée jusqu'à la fossette, des sacs en plastique à mes pieds, laissant la chaleur me grignoter doucement. C'est cette sensation de confort, accentuée quelques minutes après quand je plongeai dans un bain chaud plein de mousse que j'avais fait couler mécaniquement, que je comprenais. J'étais partie seule à Londres, je le savais, mais en apprenant que la reine n'était pas là, je m'étais véritablement sentie *toute seule*. Et c'était la toute première fois que ça m'arrivait.

Ce premier rendez-vous avec la reine avait été un rendez-vous manqué.

Le destin, par la suite, saurait se rattraper.

*

Vingt-deux ans plus tard

La Saint-Gaultier

De toutes petites bulles d'air commençaient à apparaître au fond de la casserole en inox. Le spectacle n'était pas vraiment captivant, mais il offrait un terrain neutre parfait pour laisser mon regard et mon esprit se promener. Perdue dans mes pensées, j'étais sur le point de jeter une quantité assez floue de coquillettes dans l'eau, secouée par de gros bouillonnements, quand je fus arrachée de cet état semi-conscient par des mots qui sortaient de la radio. Jusqu'à présent, ni la voix monotone de l'animateur ni les minimales de saison ni même l'état du trafic en Île-de-France n'avaient réussi à capter mon attention. Mais ces deux mots qui venaient d'être prononcés avaient attrapé et plaqué au sol mon esprit comme un catcheur mexicain. Ces deux mots étaient : « Buckingham Palace. »

« Et puis dans le reste de l'actualité, on apprend à l'instant, via un communiqué de Buckingham

Palace, la mort du prince Philip à l'âge de quatre-vingt-dix-neuf ans. "C'est avec un profond chagrin que Sa Majesté la reine annonce la mort de son époux bien-aimé, le prince Philip, duc d'Édimbourg. Son altesse royale est décédée paisiblement ce matin au château de Windsor. D'autres annonces seront faites le moment venu. La famille royale se joint aux gens à travers le monde dans la peine de sa disparition", nous précise le palais. »

Je jetai les pâtes dans l'eau bouillante, baissai le feu au minimum. Cuisson *al dente* en huit minutes disait le paquet. Elles allaient y rester jusqu'au soir.

*

Je me précipitai dans le salon en répétant : « Non non non putain non » à chaque petit pas, l'estomac soudain tordu par autre chose que la faim. J'allumai la télévision, appuyai sur les boutons latéraux de façon à mettre une de ces chaînes d'infos en continu que j'avais pourtant en horreur. On ne les regarde que lorsqu'il y a des drames, des morts, du sang et des larmes, et tout ça à la fois. La télévision, pour moi, c'est la boîte des terreurs. Je ne l'allume jamais. La couche épaisse de poussière sur l'écran ne saurait me contredire. Je vais même jusqu'à demander à la dame qui fait le ménage tous les lundis matin de laisser intacte cette pellicule opaque, qui me sert de bouclier contre ce monde de brutes. Mais là les choses étaient différentes et d'un vaste geste déterminé de gauche à droite, faisant apparaître de grosses boulettes pelucheuses grises entre mes doigts, j'essuyais frénétiquement l'écran en verre pour discerner le mieux possible ce qu'il projetait. Je reconnus tout de suite les grilles du palais de Buckingham où je m'étais promenée au moins une fois chaque année depuis le premier voyage à Londres après la mort de ma grand-mère. Pour ne pas revivre la même déconvenue, j'avais depuis prévu mes séjours anglais au moment de fêtes et jours fériés, périodes où je savais la famille royale dans la capitale. Plus jamais je ne voulais me sentir seule comme ce jour de décembre 1999.

Ainsi, l'un des plus beaux souvenirs de ces voyages fut la fois où j'ai aperçu le haut du chapeau de la reine alors qu'elle saluait la foule sur le balcon de son palais. Plus précisément : j'ai vu une tache couleur vert pomme. C'était lors de la cérémonie « Trooping the Colour », une parade militaire qui célèbre traditionnellement l'anniversaire du monarque en place et qui, cette année-là, était aussi couplé avec les festivités prévues pour les cinquante ans de règne de la reine. Ce n'est pourtant pas ce qui avait motivé mon passage à Londres à cette période, les anniversaires en grande pompe n'étant pas spécialement ma tasse de thé. J'avais dû décaler mes séjours prévus à la fin de l'été pour une raison simple et triste : au début de 2002, Elizabeth avait vécu la terrible expérience de perdre coup sur coup sa sœur puis sa mère. Apprenant que les cérémonies du jubilé au mois de juin étaient maintenues et seraient l'occasion pour la reine de remercier ses sujets pour leur soutien, j'avais, sans hésiter, changé mes projets, pour être là pour elle. Dès lors, le vert pomme resterait à mes yeux une couleur de deuil.

*

Je repensais à la petite tache du chapeau de 2002, postée les jambes en tailleur devant cette chaîne info qui, en 2021, faisait tourner en boucle le peu d'images et d'informations dont elle disposait, avec un talent indéniable. Il faut reconnaître qu'un quasi centenaire, qui meurt dans son sommeil chez lui, même s'il est marié à la reine d'Angleterre, ce n'est pas forcément le *breaking news* du siècle. Il aurait fini ses jours en éclatant sa jeep royale sur un poteau de tunnel parisien, il ne fait aucun doute que l'information aurait suscité plus d'émoi. Mais le coup du poteau, c'était déjà pris. Et les accidents de voiture du prince Philip, pourtant coutumier du fait, n'ont jamais passionné grand monde. À l'heure où elle prenait fin, on pouvait même dire que l'existence du prince Philip avait laissé pas mal de monde assez indifférent. Mais pas Elizabeth II, pour qui mon ventre se nouait de plus en plus fort à mesure des minutes qui s'écoulaient depuis l'annonce à la radio.

*

Ce vendredi, qui avait pourtant donné l'impression ce matin au réveil d'avoir mis le même costume que tous les autres vendredis, était désormais un jour en noir. Un jour qui reviendrait à chaque fois avec sa petite valise de tristesse, plus ou moins lourde selon les années sans que l'on sache vraiment pourquoi. De retour dans la cuisine pour constater que les coquillettes commençaient à franchement ressembler à une étrangeté coagulée, je jetai un coup d'œil au calendrier plein de chatons fixé au-dessus de la corbeille de fruits, désespérément vide. Vivre seule c'est aussi vivre sans personne pour vous rappeler l'importance de manger cinq fruits et légumes par jour. Ou l'existence du scorbut. Ce calendrier, donc, plein de petits chats datait de 1999. C'était le dernier que ma grand-mère avait choisi en glissant un billet de cent francs à l'employé des PTT qui les vendait. Toutes ces choses avaient disparu depuis. Le calendrier, lui, avait de nouveau été utile, alignement des jours oblige, en 2004 et 2010. Je l'avais rangé ensuite en me disant que 2021 c'était un peu loin mais j'aimais ces chatons, à l'air un peu con, rangés comme des œufs de Pâques dans leur panier. Le calendrier sur son clou rouillé me donnait l'éphéméride complète du jour : vendredi 9 avril, Saint-Gaultier. La lune était gibbeuse en 1999, peut-être l'était-elle à nouveau ce soir-là au-dessus de ma tête et de celle de Lilibet.

*

Lilibet était le surnom de la reine depuis l'enfance. J'avais lu quelque part qu'il venait d'un défaut de prononciation de celle qui n'était encore qu'une jeune princesse, fille d'un homme qui n'avait pas prévu d'être roi. Je peux comprendre que le prénom « Elizabeth » ait pu être un défi orthophonique pour une enfant, moi qui ai dit m'appeler « Fophie » jusqu'à mes six ans. Lilibet ça roulait beaucoup mieux en bouche. C'est peut-être pour ça que durant les soixante et onze ans de leur mariage, le prince Philip a appelé sa femme ainsi. J'aimais moi aussi ce surnom qui rappelait que toute reine qu'elle était, la petite fille au langage hésitant n'était pas loin, juste cachée sous des couches épaisses de devoir, de cérémonial et de couronne, lourde à briser des nuques.

Lilibet était donc veuve. À quelques semaines d'atteindre le siècle, son Philip, taquin jusqu'au bout, lui avait fait faux bond. Je retournai dans le salon, le ventre toujours pas rempli, la télévision radotant éternellement les mêmes choses, entrecoupées par des bulletins météo qui eux avaient des allures de vinyles rayés. Je me roulai en boule dans le fauteuil en velours de ma grand-mère. Mon regard se perdait sur les traces d'usure des accoudoirs. J'avais beau avoir vu cent mille fois ces marques, soudain une double émotion venait tenir compagnie à mon ventre vide et noué. Je savais pourtant depuis longtemps de quoi étaient faites ces surfaces légèrement râpées, mais à la faveur d'une mort royale, avec en fond sonore la voix monotone d'un correspondant anglais en duplex de Londres, les fantômes revenaient au galop.

*

Ce qui avait ainsi usé le velours, c'étaient d'abord les coudes de ma mère qui y tricotait tout le temps, et pas seulement des bonnets trop grands. Les soirées dont elle raffolait étaient faites d'heures à voir s'aligner rang après rang ces écharpes interminables, bercée par la télévision qui passait un film avec Belmondo déjà revu vingt-huit fois et par les ronflements de mon père qui n'avait sûrement jamais regardé un film de Belmondo en entier tant il avait tendance à s'endormir dès qu'il posait ses fesses dans un canapé. Ces marques, c'étaient tous ces pulls que je portais enfant, qui me grattaient du nombril aux oreilles, mais qui étaient toujours dans les couleurs que j'avais choisies. Ma mère ne disait jamais rien de ces choix d'alliances qui semblaient pourtant avoir été faites par l'Association des daltoniens de France. Ces marques, c'étaient aussi la couverture vert céladon que ma mère avait tricotée dans un doux mohair quand elle m'attendait et dans laquelle elle m'enroulerait les premiers mois de ma vie. C'est cette couverture qui ensuite allait être la condition *sine qua non* à mes endormissements du soir. J'y coinçais ma tête tout entière à l'exception de ma bouche. J'avais alors l'impression d'être dans une sorte de scaphandre qui me permettait d'envisager sereinement ma traversée de la nuit. Puis la couverture avait commencé à attirer toutes les mites de Paris, provoquant l'effroi de ma mère qui avait décidé, pour la sauver, d'employer une méthode subtile comme un char russe, et l'avait enfermée dans une boîte en plastique scellée de gros scotch marron de déménagement non sans d'abord y avoir placé le même volume de billes à la naphtaline que de couverture. Le résultat fut sans appel et les insectes goulus disparurent vite. Tout comme probablement l'odeur d'enfance que j'avais pourtant cachée dans chacune des mailles. Recroquevillée sur le fauteuil en velours, je songeais à cette couverture, toujours rangée dans sa boîte, et me disais que finalement nous avions connu le même destin toutes les deux : sauvées des dangers de l'existence, protégées du temps qui détruit tout, bien à l'abri, surtout de la vie.

*

Ces marques sur les accoudoirs vert pâle, c'étaient également la trace d'autres bras, ceux de ma grand-mère et de ces heures qu'elle passait, prostrée, devant les émissions spéciales consacrées à la disparition de la princesse de Galles. À certains endroits, des traces de griffures montraient ce qu'il restait d'anxiété chez elle avant que le chagrin ne prenne vraiment toute la place dans sa tête. Ce fauteuil que je ne lâchais plus des yeux avait pourtant longtemps été celui des habitudes de ma mère, ma grand-mère lui préférant une liseuse située dans un autre coin du salon. Recouverte d'un large drap coupé dans une ancienne toile à matelas, complétée de tant de coussins tous de formes et tailles différentes, si bien que certains tombaient au sol dès qu'elle s'asseyait dessus. Cette liseuse était aussi un excellent endroit pour ses siestes. Après la mort de sa fille unique, tout naturellement et peut-être même sans s'en apercevoir, elle avait pris place dans cet autre fauteuil du salon en velours, de la même couleur que les feuilles de sauge ou le tilleul selon l'heure de la journée. Ma mère y avait fait ajouter des franges à la teinte semblable pour cacher des pieds en acajou, que le chien d'une voisine avait redécorés à coups de canines. Ma mère était comme ça, elle réparait, et s'accommodait des petites choses qui en auraient agacé beaucoup. Tout au long de sa vie statistiquement trop courte, elle m'a appris à ne pas faire des drames de n'importe quoi, à ne pas me plaindre des petits accrocs de l'existence. Elle avait cette devise étrange, finalement un peu teintée du flegme britannique quand on se penche dessus, et à laquelle je pense souvent : « Les emmerdes faut s'en faire des pulls, comme ça on n'a pas froid l'hiver ! »

Le tricot avait décidément une grande place dans la vie de ma mère.

*

Les fesses posées là où les absentes posaient les leurs, je faisais ce constat, la gorge nouée : les fantômes étaient, eux, bien présents. Des années à les mettre de côté, dans ma tête, comme s'ils étaient eux aussi enfermés avec de la naphtaline. Et puis malgré le gros scotch, un jour, le couvercle saute sans prévenir, et ça fout du chagrin partout. Un vendredi 9 avril, jour de la Saint-Gaultier, où la lune est peut-être gibbeuse, dans une odeur de coquillettes brûlées, ils étaient de retour. Ma grand-mère et ma mère, chacune assise sur un des accoudoirs de mon fauteuil, regardaient avec moi les plans fixes des grilles du palais de Buckingham.

Mon père, lui, à moitié endormi un peu plus loin sur le canapé, gardait dans sa forme spectrale la même capacité d'attention que de son vivant. Tandis que ma mère me demandait quelle était cette nouvelle chaîne où n'étaient diffusées que des informations, ma grand-mère nous assurait que les grilles seraient recouvertes de beaucoup moins de bouquets que pour Lady Di. C'était si doux de les avoir près de moi. Mes yeux s'embuaient plus vite que la princesse Margaret ne vidait les verres de gin. Je pouvais presque sentir leurs petites mains posées sur mes épaules. Le fantôme de ma mère me glissa alors à l'oreille, tout doucement : « Elle doit être tellement triste ta Lilibet. » Les sanglots, les miens, arrivèrent au grand galop, impossibles à arrêter dans leur course. Mon visage et mon corps tout entier furent balayés par les secousses des larmes pendant près d'une heure. De mes yeux sortaient des années entières de chagrin refoulé. Le résultat ressemblait à ces villages qu'on retrouve au petit matin, quand il a plu en une nuit l'équivalent de six mois de mauvais temps. Engloutis.

La tête collée à l'accoudoir et aux nombreux mouchoirs lourds et froids de mes larmes, je m'endormis pour le reste de la journée. L'odeur de l'inox chaud me sortant du sommeil juste à temps avant le probable incendie de ma cuisine. Courant du salon à la cuisine, je jetai la casserole dans l'évier, l'inondai d'eau et de liquide vaisselle sous le regard réprobateur des chatons du calendrier. L'odeur de citron artificiel, mélangée à celle de la bouillie agglomérée autrefois appelée mon déjeuner, me collaient une nausée terrible. J'avalai un doigt de gin versé si vite dans un verre que c'était plutôt une main. Ce verre à moutarde sur lequel on pouvait parfaitement distinguer depuis plus de vingt ans tous les personnages de *La Bande à Picsou*. Puis une seconde tournée, accompagnée cette fois d'un somnifère, qui me servirait de dîner, et j'allai m'allonger sur mon lit.

*

Je restais dans cet état de zombie plusieurs jours de suite, ne me nourrissant plus que des croissants au beurre de la boulangerie du coin de la rue, devant laquelle je passais en allant chercher la presse, dans une tenue qui était clairement un pyjama, et que je ne prenais même pas la peine de faire passer pour autre chose. Ces croissants c'est ceux que ma mère allait acheter quand j'étais enfant. Un peu plus matinale que mon père, et beaucoup plus que moi, elle avait pris l'habitude de nous réveiller le plus doucement possible et, le plus souvent, grâce à l'odeur des viennoiseries encore chaudes et des oranges fraîchement pressées. En ouvrant les yeux le matin, ma première vision était régulièrement ses doigts pleins de pulpe qui collaient au sachet taché de gras accompagné d'un « debout Sophinette pouet pouet » chuchoté. Elle avait horreur de me sortir du sommeil tant j'y avais l'air bien, mais elle me répétait invariablement : « Ça me fend le cœur de te réveiller, et pourtant je suis si contente de te retrouver. »

Trois décennies plus tard, je pressais désormais moi aussi des oranges, mais à la différence de ma mère, j'y ajoutais une bonne lampée de gin, à n'importe quelle heure de la journée. Je restais ainsi, dans un état toujours cotonneux, correctement nourrie pour éviter le malaise, pleine de vitamines C pour enfin éviter le scorbut et sous le bon dosage d'alcool pour ne pas retomber complètement dans la pénible réalité des choses. Je remarquais bien quelques regards réprobateurs quand je débarquais en titubant à la boulangerie au petit matin, mais je les avais déjà oubliés en achetant mes journaux. Surtout que le kiosquier, avec sa petite flasque argentée planquée sous un tas d'invendus et de hors-séries, n'était pas du genre à me jeter la pierre, mais plutôt un sourire entendu. Les gens qui traversent la vie en flottant se reconnaissent toujours.

La disparition

Et puis, un matin, en tout cas un moment que je décidai d'appeler le matin car j'avais dormi longuement avant, mais qui, vue la position du soleil, avait de bonnes chances d'être le début d'après-midi, j'arrivai devant le kiosque. Et le monde s'effondra.

J'avais mis la main sur une paire de lunettes de soleil si grandes que je ne voyais plus les regards réprobateurs. Je ne voyais plus grand-chose d'ailleurs et enjambais les trottoirs avec la plus grande prudence dont une femme alcoolisée pouvait faire preuve. Une prudence relative donc. Comme tous les autres jours, je mâchouillais un bout de croissant, sans élégance, des miettes collées jusque dans les cheveux, le pantalon de pyjama tout juste dissimulé sous un imperméable inutile, tant le ciel était bleu. Je venais faire ma récolte de tout un tas de journaux auxquels je jetterais un vague coup d'œil avant de les déposer en paquet dans l'entrée, pas tellement pour savoir ce qu'il se passait dans le monde mais pour avoir une idée du temps qui passe. Comme la pile de l'entrée était maintenant assez haute, je savais que probablement deux semaines s'étaient écoulées depuis la mort du prince Philip.

Mais cette fois arrêtée devant le kiosque, mon sachet de croissants me tomba de la main dans un bruit de papier froissé et de pâte feuilletée. Si j'avais eu au bout des doigts un filet d'oranges, elles auraient sans doute roulé dans tout le quartier de façon assez cinématographique. Les mains ainsi libérées, j'enlevai mes lunettes de soleil avec précipitation, comme si celles-ci avaient le pouvoir de changer le sens et l'orthographe des mots. Partout, en titre de chaque quotidien, figuraient ces quatre mots : « Disparition de la reine ».

*

Je ne pouvais plus bouger. De longues minutes s'écoulèrent, ou peut-être juste quelques secondes, impossible à dire. Le kiosquier, sorti pour l'occasion de sa petite cahute, m'aida à ramasser le sachet de croissants. Il savait ma passion pour la rare tête couronnée dont il connaissait le nom et m'avait gardé une pile de nouveautés. Je récupérais le sachet en papier pour le coincer dans le pli de mon bras jusqu'à en tacher de gras mon imperméable, j'attrapai la revue de presse gentiment préparée par l'une des rares personnes à qui je parlais depuis deux semaines. À qui je parlais tout court d'ailleurs. Finalement, j'articulai aussi péniblement que si j'avais eu en bouche une douzaine d'escargots de Bourgogne, coquilles comprises : « Elle… est… morte… comme… une… perruche… elle… aussi… ? »

Le kiosquier ne voyait pas ce que ces volatiles venaient faire là, mais comprenant que je n'avais pas tout saisi, me prit par les épaules, planta son regard dans le mien et me dit : « Mais non mademoiselle, elle est pas morte votre reine ! Elle a disparu, pouf, envolée ! » Puis il me lâcha pour mimer une explosion avec ses deux mains et répéter « pouf ! » comme un magicien qui aurait fait glisser un lapin dans le double fond d'un chapeau.

*

Je tournai la clef dans la serrure de la porte d'entrée, posai sur la table les croissants qui n'avaient plus fière allure, et me dirigeai, comme un zombie vers le fauteuil du salon tilleul à cette heure-là, et où je me lançai dans la lecture exhaustive de la presse du jour.

Les premiers articles m'apprirent qu'Elizabeth II avait disparu depuis plus de quarante-huit heures. Buckingham Palace s'était résolu à faire part de l'information la veille au soir dans un communiqué qui avait mis en alerte toutes les agences de presse autour du globe. Sans hésitation, je rebranchai la télévision, plusieurs jours après avoir tiré sur le fil dans un mouvement de protection et d'agacement face à ces chaînes d'informations qui ne m'informaient de rien. À cause de ça, j'avais raté *La* disparition au moins d'une nuit et un jour. Une nuit et un jour pendant lesquels j'avais vécu une vie normale. Une nuit et un jour à l'abri. Une nuit et un jour de perdus, à rattraper, coûte que coûte.

En pressant au hasard les touches + et – de la télécommande, je comprenais que ce n'étaient pas seulement les chaînes d'infos qui tournaient en boucle sur l'événement, mais l'ensemble de mon bouquet satellite, à l'exception de la chaîne Animaux, qui, imperturbablement, racontait le quotidien plutôt tranquille d'une flamboyance de flamants roses. C'est ma grand-mère qui m'avait appris que ces volatiles ne vivaient pas en meute, en troupeau, ni en horde. La vie paraissait simple au sein de la flamboyance. Je les enviais en appuyant sur les touches 1 et 5 pour remettre BFM et la vraie vie. Les bandeaux défilaient au fur et à mesure qu'arrivaient les maigres informations dont disposaient les journalistes en plateau et ceux en duplex.

« La reine n'a pas été vue depuis jeudi. » « Elle a échappé à la vigilance de sa sécurité. » « Une dame de compagnie est actuellement entendue. » « Le prince Charles assure l'intérim et s'exprimera ce soir à 18 heures, heure de Londres. » « Les chefs d'État de nombreux pays ont fait part de leur inquiétude. » « Pas de conséquences à l'heure de la clôture sur la Bourse de Tokyo. » « Les bookmakers anglais en ébullition. »

Puis le retour du bandeau : « La reine n'a pas été vue depuis jeudi » m'indiqua qu'il ne restait plus qu'à attendre que Charles parle. En haut à droite de l'écran, il était inscrit 16 h 43.

Heure de Paris.

*

Le prince Charles allait bientôt prendre la parole et l'épluchage très méticuleux de la presse du jour depuis près de deux heures ne me permettait pas de deviner quelle serait la teneur de son intervention. J'avais beau me replonger dans ce que je savais de l'histoire de la famille royale pour y trouver des indices, des explications, des petits repères, même légèrement effacés comme ceux délavés par le soleil et la pluie sur certains sentiers en forêt, mais rien. Je repensais à ces cousines d'Elizabeth qui avaient passé une grande partie de leur vie en institution spécialisée, comme on dit quand on préfère éviter de dire « chez les fous ». Mais on ne devient pas folle tout à coup, à quatre-vingt-quinze ans. Enfin, je ne crois pas. Je songeais aussi aux séjours prolongés aux îles Moustiques de la princesse Margaret, qui, déguisés en mission de représentations de la Couronne, avaient surtout l'intérêt de maintenir la sœur de la reine à l'abri de ses excès. Ou en tout cas, à l'abri des regards. Mais là encore, je n'imaginais pas trop Elizabeth II, presque centenaire, se mettre à trop boire, trop fumer et trop baiser. Le mystère restait donc entier. Soudain les spécialistes à la télévision, pourtant en train de meubler depuis des heures avec une facilité déconcertante, furent tous interrompus par la phrase implacable : « On écoute tout de suite le prince Charles en direct du palais de Buckingham. »

*

Il n'avait absolument pas l'air inquiet. C'est la première chose que je remarquai. Il prenait l'air grave certes, le jouait presque, mais dans ses yeux je ne distinguais aucun début de commencement d'inquiétude. Pour savoir à quoi ressemblait l'inquiétude dans le regard du prince Charles, il suffisait de jeter un coup d'œil à ses photos de mariage. Le premier bien sûr. Sur celles du second il est gai comme un Italien quand il sait qu'il aura de l'amour et du vin. Ou un truc dans le genre. Mais sur celles du premier, que ce soit les photographies officielles ou les archives filmées par la BBC, son regard est grave et semble chercher les issues de secours sur un carrosse en or. Sans parler de cet air constipé et pris au piège qu'il avait devant les caméras du monde entier en annonçant ses fiançailles avec Diana Spencer, et en les condamnant dès le premier jour quand on lui avait demandé s'il était amoureux de sa promise : « *Yes. Whatever love means.* » Oui. Qu'importe ce que l'amour signifie. Question simple. Réponse fatale.

Ou comme cette fois où l'une des Spice Girls, la rousse il me semble, lui avait pincé les miches en public. Même si, quand j'y repense, ça avait donné l'impression de le détendre un peu plus que d'épouser une femme qu'il n'aimait pas. Sacré Charles.

Toujours est-il qu'il n'avait pas l'air inquiet et moi non plus par la même occasion. Si le pilote, ou plutôt le copilote de l'avion dans lequel on se trouve sifflote, c'est qu'on n'est pas sur le point d'alourdir les statistiques de sécurité d'une compagnie aérienne. Charles avait le regard concentré. Le même que celui des gens qui essayent de se souvenir de la liste des sept nains ou des sept péchés capitaux pour gagner un super jackpot, mais sûrement pas celui de quelqu'un coincé dans un avion sur le point de s'écraser. Cette dernière réflexion me fit comprendre que mon gin manquait d'orange.

*

— Mesdames et Messieurs les journalistes, merci d'être venus si nombreux et promptement aujourd'hui. Je tiens tout d'abord à rassurer celles et ceux qui, partout dans le pays et à travers tous les États du Commonwealth, et au-delà, ont exprimé leur inquiétude et leur sympathie à l'égard de Sa Majesté la reine, ma mère, *mummy* et de ma famille plus généralement. Je comprends que la situation puisse vous paraître extraordinaire, car elle l'est. Je veux donc vous rassurer, ma mère n'est pas souffrante, comme j'ai pu le lire dans certains journaux dont la réputation n'est plus à refaire. En aucune façon l'opération « London Bridge » n'est lancée. Toutefois, il n'est pas en mon pouvoir de vous donner des nouvelles plus précises de Sa Majesté la reine, qui reviendra en temps voulu dans la vie publique. En attendant, j'assurerai avec ma femme Camilla, ainsi qu'avec le duc et la duchesse de Cambridge, les différents événements prévus à l'agenda royal et je ne manquerai pas de vous donner des nouvelles régulièrement.

Il termina d'un : « *Thank you all, may God bless our gracious Queen* » auquel succéda un enregistrement de l'hymne national masquant rapidement le bruit mêlé des crépitements de flash d'appareils photo et de brouhaha de questions perplexes lancées à la volée.

Tout ça méritait un autre verre.

*

J'étais soudain beaucoup plus légère alors qu'il n'y avait pourtant pas tellement plus d'informations portées à ma connaissance que cinq minutes plus tôt. Mais la légèreté se célèbre surtout quand il est 18 h 06. Même si c'est à Londres. Après tout ce sont les Anglais qui ont démocratisé et justifié l'expression « *it's six o'clock somewhere* », et il est à parier que dans sa vie, et même peut-être ce soir juste après avoir parlé, une pinte de Guiness fraîche à la main, Charles lui-même a dû se servir de l'adage de temps à autre. Peut-être même ce soir. Mais probablement moins souvent que son père, ou sa tante, ou sa grand-mère. Ou son fils cadet.

De retour dans la cuisine, je lançai un sourire aux chatons dans leur panier. Pendant que je pressais cette fois deux oranges pour y faire barboter mon gin, je jetai un coup d'œil à l'évier en émail blanc sur ma droite. Telle une scène de crime laissée intacte, il contenait toujours la casserole de coquillettes du jour de la mort du prince Philip. Ou plutôt la couche de pâtes calcinées qui avait fusionné avec le fond du récipient et n'était pas tombée au fond de la poubelle dans un grand « sploutch » quand j'avais remarqué, autour du 10 ou du 11 avril, que mon ancien déjeuner était en train d'attirer toutes les mouches du quartier. Le cerveau étant une drôle de machine, cette vision de la casserole oubliée, pourtant peu ragoûtante surtout en y ajoutant le souvenir des mouches, me donna une folle envie de reprendre les choses là où je les avais laissées : le samedi 9 avril quand on fêtait les Gaultier et que la lune était peut-être gibbeuse.

J'avais envie de coquillettes. Et des coquillettes j'allais en avoir.

Les meilleures de ma vie même.

Le rayon coquillettes

Après quatorze jours en pyjama, remettre des vêtements fut une sacrée expérience. Je remarquai en fermant la braguette de mon pantalon que le régime croissants, oranges et gin n'était sans doute pas grandiose pour la santé mais très efficace pour la ligne puisque je flottais désormais dedans. Remanger un peu, des coquillettes de surcroît, allait m'aider à ne pas finir les fesses à l'air. Je pris un des carrés Hermès de ma grand-mère qu'elle avait eu l'habitude de laisser à disposition dans tout l'appartement comme un paquet de mouchoirs jetables ou un stylo bille, car selon elle, « c'était tout de même bien commode ». Je les avais laissés tout ce temps les changeant régulièrement de place pour éviter que la poussière ne s'y installe trop. Pour autant je m'étais toujours abstenue d'en porter, car noué autour de mon cou ou de ma tête et quelle que soit la technique de pliage, j'avais immanquablement l'impression de ressembler à Dominique Lavanant dans *Les Bronzés font du ski*. Mais cette fois l'usage était différent et je tortillonnai sur lui-même l'un des plus longs pour le faire glisser dans les passants de mon jean et terminai par un gros nœud gonflé en soie qui donnait un peu l'impression que c'était Noël et que mon pubis était un cadeau. Mais pour aller acheter des coquillettes ça ferait l'affaire. Et puis on était en avril.

*

En général la porte vitrée et automatique du magasin Franprix du bout de la rue me résistait toujours, en tout cas le temps de faire cinq ou six tentatives, qui formaient au bout du compte une chorégraphie absolument grotesque, plus proche du horse-guard en plein AVC que d'un ballet russe avec des cygnes. Cette fois cependant, les astres étaient alignés et la seconde tentative fut la bonne. Une petite victoire personnelle, me donnant l'impression d'être un méchant de *Star Wars*. Les portes s'ouvraient de la même façon devant n'importe quel méchant de n'importe quel épisode. J'entrais donc comme on sort dans un vaisseau spatial pour éradiquer toute tentation de rébellion de l'Empire. Ou avec l'Empire. Très honnêtement je me suis endormie à chaque fois que j'ai essayé de regarder *La Guerre des étoiles* et à part tomber amoureuse d'Harrison Ford avant de me rendre compte qu'il avait trente ans de plus désormais et d'en dé-tomber amoureuse, le visionnage de cette saga avait surtout fait du bien à mon capital sommeil. Je gardais seulement la certitude que je n'étais pas attirée par les hommes vraiment plus vieux et que j'aimais quand les portes automatiques s'ouvraient sans faire de manières.

*

Comme le matin même j'avais acheté un filet d'oranges, je lançai dans un sourire un « re-bonjour » à la dame toujours en place derrière sa caisse dans le courant d'air. Elle grommela un bruit qui, j'imagine, était une réponse à ma salutation, mais peut-être simplement les conséquences d'un déjeuner qui reste sur l'estomac. Apparemment, que quelqu'un fasse deux fois ses courses dans la même journée la laissait absolument de marbre. Le flegme gagné au fur et à mesure des kilomètres de tickets de caisse probablement.

Direction le rayon des pâtes, où l'on pouvait aussi trouver, magie des têtes pensantes du marketing, du riz blanc, noir et même rouge, du blé prêt à cuire ou précuit, de la polenta qui semblait assez désœuvrée et de la purée en flocons avec ou sans arôme naturel de noix de muscade. Le rayon de la grande gastronomie à n'en point douter.

Malgré l'heure de sortie de bureaux, les rayons étaient plutôt tranquilles pour ne pas dire complètement déserts. À croire que les gens du quartier avaient préféré profiter du beau temps de cette fin de journée et s'asseoir en terrasse pour apprécier le soleil qui se couche mais réchauffe encore, et siroter des verres en *happy hour*, qui rafraîchissent, s'enchaînent et seront peut-être regrettés le lendemain matin. Les gens ne cesseront de m'étonner. Sortir quand on peut rester chez soi, affronter le dehors quand le dedans est si doux. Quelle drôle d'idée !

Je me retrouvais ainsi peinarde devant le rayon des pâtes, pas dérangée du tout pour étudier avec rigueur les quatre options de coquillettes qui s'offraient à moi. L'une d'entre elles, de qualité de toute évidence plutôt médiocre se détachait grâce à un argument que ces mêmes têtes pensantes d'un autre service marketing avaient dû trouver implacable. En toutes lettres jaunes sur un fond rouge contrasté, dans une forme de bulle éclatée de bandes dessinées, était inscrit : « Cuisson rapide en trois minutes ! » Le point d'exclamation beaucoup plus gros que le texte me rappelait qu'il y avait longtemps que je n'avais pas ressenti d'enthousiasme. Plutôt que de chercher à quand remontait ce moment, je préférais éliminer sans négociation ce paquet. Ces cent quatre-vingts secondes de cuisson, tonitruantes qui plus est, m'avaient fatiguée.

Et puis l'argument ne prenait pas avec moi : du temps j'en avais et je n'avais nullement besoin ou envie d'essayer d'en gagner.

Plus que trois paquets.

*

La troisième place du podium fut simple à désigner, le paquet voisin sur l'étagère comportant la mention « pâtes aux œufs ». Or, si j'avais voulu des pâtes aux œufs j'aurais acheté des pâtes et des œufs. Cette dernière pensée à moitié marmonnée dans le menton me fit constater qu'il restait encore pas mal de gin dans mon organisme. Enfin, je devais trancher entre deux marques concurrentes, une bleue, une rouge, une à l'emballage en carton et l'autre en plastique. Les temps de cuisson étaient les mêmes. Les prix aussi mais ça n'avait aucune importance. Mon choix fut donc entièrement motivé par la préservation de la planète. Ou du moins ce qu'il en subsistait.

Si concentrée sur le palmarès des coquillettes, je n'avais même pas remarqué que juste à côté de moi une petite dame âgée semblait soumise aux mêmes tourments face à ces si nombreuses variétés de pâtes coudées. Était-ce l'euphorie d'être moi-même déjà arrivée au bout de ce sinueux parcours ou le trop-plein de gin ou le manque d'orange, ou tout ça à la fois, toujours est-il que me prenait l'envie d'établir une interaction avec une totale inconnue. Une folie quand on pense qu'il m'avait fallu trois ans pour lancer un « Comment allez-vous ? » au monsieur du kiosque. Une folie rendue possible par une boîte de cinq cents grammes de pâtes régressives qui cuisent en onze minutes. Neuf si on les aime *al dente*. Sans la regarder mais avec une voix entendue et mon paquet bleu bien en vue, je lui lançai : « La compétition est rude, mais je pense que ce sont celles-ci les reines des coquillettes ! » Je me demandais pourquoi j'avais utilisé une expression si ampoulée alors qu'elle levait les yeux vers moi. À cet instant précis, je fis tomber le paquet bleu, qui créa autour de nous une nappe fine d'environ cinq mètres carrés de nouilles en forme de coude.

*

C'était elle.

Ces yeux, je les connaissais par cœur. Plus que les miens même. Du premier cliché en noir et blanc, à leur plus récent état, là, devant moi. J'en connaissais chaque variation : la forme qu'ils avaient en février 1952, au printemps 1985 ou le mois dernier. Leur bleu froid était le même. Leur douceur aussi. La paupière avait, au fil des décennies, voyagé tranquillement du haut jusqu'à un peu plus bas, sans jamais faire disparaître une forme d'espièglerie grave. Un paradoxe certes, et qui tenait dans un furtif reflet, pointe brillante dans les coins externes, coincée près des cils. Une sorte de tout petit miroir qui renvoyait une lumière que je savais ne trouver qu'à un seul endroit : dans le regard de la reine Elizabeth II.

*

Impossible de dire combien de temps nous sommes restées ainsi, le regard de l'une plongé dans le regard de l'autre, mais ce fut long et si la caissière n'avait pas surgi dans l'allée, attirée par le bruit, grommelant « Ah bah super elle en a foutu partout l'autre avec ses nouilles. Elle pouvait pas faire tomber des oranges plutôt ? C'était moins chiant à ramasser. », je crois que j'y serais toujours. Ce regard c'était une maison, un vieux pyjama qui réchauffe comme aucun autre, une crème brûlée quand on a envie de sucré, un courant d'air pile sur le visage les jours où il fait un peu trop chaud, un bisou sur le front qui vous rendort après un mauvais rêve, un verre d'eau après avoir versé beaucoup de larmes. Ce regard, je m'en rendais compte à cet instant, c'était chez moi finalement.

En revanche, le mystère s'épaississait. Que trouvait-elle, elle, dans le mien pour y rester à barboter aussi longtemps, là, dans un rayon plein de féculents d'une supérette du 6e arrondissement parisien les pieds couverts de pâtes qui ne finiront jamais *al dente* ?

*

« Un responsable du nettoyage est attendu en allée Pâtes – Riz – Purée – Biscottes, merci », annonçait une voix rendue plus monocorde encore par l'ancienneté du haut-parleur. Mes yeux étaient toujours plongés dans ceux de l'arrière-petite-fille de la reine Victoria. Je n'osais même pas les cligner de peur qu'elle ne s'évapore. J'hésitais même à respirer. Le bruit ronronnant de l'engin nettoyeur, prêt à prendre le virage de notre allée, me força à reprendre une inspiration et à lubrifier ma cornée d'un coup de paupière. Dans l'élan, mes cordes vocales se mirent en mouvement : « Je crois que… *I think we*… il faut… » Dans un français parfaitement maîtrisé et un sourire entendu, elle me répondit : « Oui, c'est le moment de mettre les voiles, je crois ! » Bonne nouvelle, elle était drôle et bonne nouvelle, elle était toujours là, alors que j'avais dû cligner des yeux au moins trois fois en quelques secondes, lui laissant la possibilité de s'évaporer ou de retourner au galop dans mon imagination.

Tandis que nous quittions l'allée en passant devant un mur de biscottes, elle se retourna et me lança en souriant : « Vous savez que vous êtes la première à me reconnaître… » Puis, devant mon air toujours aussi éberlué, elle ajouta, amusée : « Car si j'ai bien compris, vous m'avez reconnue, *right* ? » J'arrivai, ô miracle, à hocher la tête de haut en bas pour dire « oui ». Je félicitai intérieurement mon corps d'avoir été capable de connecter les neurones nécessaires à la naissance d'un semblant de communication bien que je n'écarte pas la possibilité d'un spasme musculaire opportun.

Comme un bébé canard suit machinalement sa mère, je marchais derrière elle vers la caisse. De toute façon, on ne marche jamais ailleurs que deux pas après la reine quand on l'accompagne. Je gravais dans ma cervelle chacun de ses gestes. La façon dont elle posait son paquet en carton bleu de coquillettes sur le tapis mécanique qui menait jusqu'à la femme qui n'était peut-être pas celle qui m'aimait le plus au monde ; la parfaite complémentarité des couleurs entre ledit paquet avec la teinte rouille de son sac banane en cuir vieilli, dans lequel elle cherchait de la monnaie en la plaçant à quelques centimètres de ses yeux pour en voir le détail. Il est vrai que dans son cas, il doit être étrange, j'imagine, d'utiliser une devise sur laquelle on n'apparaît pas. Je scrutais maintenant son doux sourire, adressé à la caissière, qui, elle, semblait toujours murée dans son agacement surjoué. Je n'avais de toute façon d'yeux que pour la reine. La manière dont elle récupérait sur le comptoir métallique les petites pièces cuivrées, la nonchalance amusée avec laquelle elle les faisait retomber en vrac dans le sac banane. On aurait dit une dame qui tient un manège de chevaux de bois depuis cinq décennies. Dans un français toujours parfait elle dit « merci », la caissière fit un bruit, comme une porte qui grince lorsqu'on la ferme un peu lentement, et me lança un œil aussi noir que la Mercedes qui avait fini contre un poteau du tunnel de l'Alma.

En revanche, la porte automatique du magasin avait, elle, très bien compris à qui elle avait affaire et elle s'ouvrit du premier coup cette fois. On a tort de ne pas prendre en considération l'intelligence des mécanismes d'ouverture, qui savent très bien reconnaître un monarque quand ils en ont un sous le nez.

Alors que nous étions plantées sur le trottoir en décalé de quelques mètres de ladite porte, histoire de ne pas la maintenir en position ouverte et de finir d'attiser le courroux imperturbable de la dame à la caisse, je me demandais comment il était possible de ne pas la reconnaître. D'accord, elle portait, en plus de son sac banane rouille, un bob imprimé Liberty et une veste en jean cloutée sur les poches et dans le dos, dans lesquels on avait peu l'habitude de la voir. D'accord ces sandales allemandes changeaient beaucoup de ses escarpins aux talons carrés et bas, toujours assortis à la couleur de sa tenue, ou en tout cas de son chapeau. Elle ressemblait à une créature à mi-chemin entre Yolande Moreau dans les Deschiens, et la grand-mère Yetta, personnage improbable dans cette série des années 1990 que j'avais le droit de regarder à la télévision car c'était juste avant l'heure du repas et ça laissait à mes parents un petit moment de tranquillité pour boire un verre de vin en se racontant leur journée.

Bref, malgré cet accoutrement peu coutumier, il était évident qu'Elizabeth était Elizabeth. En tout cas pour moi et pour les portes automatiques.

*

J'imaginais qu'il fallait déjà se quitter et l'idée était insupportable. À tel point qu'elle me donna la force et l'impulsion de prononcer cette phrase, que même une vie passée la tête dans une bassine de gin n'aurait pu faire éclore :

— Votre Majesté, est-ce que vous voulez venir dîner à la maison ? J'habite à deux pas et ce serait un plaisir de vous faire cuire ces coquillettes.

Soudain je me demandais si je ne m'étais pas fait tomber l'ensemble du rayonnage supérieur des riz cuisson rapide sur le lobe temporal. Ou peut-être avais-je glissé dans une flaque de gin trois jours auparavant et étais-je, depuis, plongée dans le coma, étendue sur le carrelage à damier noir et blanc de ma cuisine, hallucinant tranquillement en attendant que la femme de ménage me trouve le lundi matin, sans doute trop tard. Cette hypothèse, au fur et à mesure que les secondes passaient, me semblait finalement de plus en plus probable, quand Elizabeth II, dans un sourire interrompit ma divagation avec une affirmation et une question : « Avec plaisir. Vous avez du ketchup ? »

J'en avais.

Coup de chance.

*

Ce n'était pas vraiment un coup de chance, il faut avouer. Mon frigo et mes placards, ceux qui n'étaient pas remplis jusqu'au ciel de vaisselle royale en tout cas, débordaient de malbouffe en tout genre.

D'abord le réfrigérateur : il ressemblait à une coupure publicitaire passant sur une grande chaîne, aux heures où l'industrie agro-alimentaire a compris que les enfants en bas âge et les ménagères à cholestérol haut sont plantés devant leur écran. Des Danette à la vanille, toujours les mêmes depuis l'enfance. La disparition du pot en format familial d'un kilo à la fin des années quatre-vingt-dix, puis son retour une bonne décennie plus tard furent des moments marquants de ma vie et cela ne me rendait ni spécialement fière ni franchement honteuse. Je n'avais plus de famille, mais j'avais le pot au format familial qui va avec, d'habitude. Ensuite des cordons-bleus. Même pas bio, même pas vaguement soucieux d'un quelconque bien-être animal, mais possédant une qualité inestimable à mes yeux : un magnet surprise en forme de département français, coincé entre deux couches de plastique inutiles. J'avais ainsi quasiment reconstitué sur la porte de mon frigo la carte complète de la France, à ceci près que j'avais eu cinq fois la Charente-Maritime, onze fois le Var, mais jamais eu la chance de tomber sur la Meurthe-et-Moselle ni la Haute-Vienne. Et pourtant j'avais cherché, boîte après boîte. Dose dangereuse de nitrites après dose dangereuse de nitrites.

De l'autre côté de la cuisine, un garde-manger années soixante-dix que ma mère avait chiné, rapporté tant bien que mal à cause de l'étroitesse de l'ascenseur, puis repeint en bleu Majorelle pour « voyager sans bouger » avait-elle précisé. À l'intérieur, on pouvait admirer toute une palette bigarrée d'emballages de céréales pour le petit-déjeuner allant très bien avec la couleur choisie par ma mère. Là encore, comme pour les cordons-bleus, une surprise, à l'intérêt et la qualité variables, était annoncée sur le paquet. J'aimais que mes aliments me fassent des cadeaux puisque depuis longtemps plus personne ne m'en faisait. Puis quelques paquets de pâtes alphabet. D'une même marque, mais les cartons étaient alignés par ordre chronologique. Et pour cause, les premiers paquets, qui se trouvaient le plus à gauche, avaient été achetés par ma mère. L'étiquette était en francs, l'outremer du carton était devenu presque ciel. Ma mère adorait ces pâtes et adorait jouer avec moi le dimanche soir à écrire le plus de mots possible en allant repêcher du dos de sa cuillère un T ou un E planqué sous un morceau de carotte. Une sorte de Scrabble mais qui se mange. La fois où on avait réussi à écrire « ornithorynque » sur le bord de l'assiette, et le fou rire qui en avait découlé, restent un doux moment dans mon esprit, auquel j'essaie de ne pas trop penser pour ne pas être trop triste. Juste quand je vois une photo de cette créature un tiers canard, un tiers castor, un tiers délire éthylique de l'évolution. Donc pas souvent. Après sa mort, j'ai continué à acheter de temps à autre un paquet de lettres pour tenir compagnie à ceux qu'elle avait déjà achetés. Mais je n'ai plus jamais fait une partie.

À l'étage du dessous, trois pots de beurre de cacahuètes que j'allais chercher exprès chaque mois dans une épicerie spécialisée en produits d'outre-Atlantique, même si j'étais bien consciente qu'avec la mondialisation, on en trouvait désormais au Franprix du bout de la rue. Mais c'est là que mon père m'emmenait quand j'avais dix ans et j'avais décidé que c'était le chic ultime de manger cette catastrophe diététique à même le pot, comme les gens que je voyais dans les quelques séries américaines du temps où il n'y avait que six chaînes.

Enfin des TUC, là encore, comme mes crèmes à la vanille, j'avais une préférence pour le format familial, c'est-à-dire par paquet de paquets de trois. Les TUC me rappelaient les soirées organisées par mes parents, lorsqu'ils conviaient des amis et que ma mère disposait en rosace ces biscuits apéritifs, avec une précision millimétrée, comme si la reine d'Angleterre allait débarquer et se tartiner une cuillère de tarama dessus. En fin de compte, ma mère avait juste été un peu en avance sur les événements et alors que j'étalais à mon tour les TUC dans une tentative de rosace bien moins élégante par faute d'entraînement, 20 heures sonnaient aux cloches de l'église du bout de la rue, et Elizabeth II aussi.

Ponctuelle, comme une reine.

Un dîner presque royal

Toujours son bob à motifs fleuris vissé sur la tête, elle était là, sur mon paillasson. En plus du sac Franprix contenant le paquet de coquillettes, un petit sac de chocolatier, en papier mat vert émeraude au bout des doigts. « Je vous ai apporté quelques douceurs pour aller avec le dîner. Je ne savais pas ce que vous aimiez alors j'ai pris un peu de tout. » Pendant qu'elle me tendait les cordons de coton assortis au reste de l'emballage de sa main frêle, elle ajouta : « Il aurait été plus simple de vous acheter des fleurs bien sûr, mais j'ai eu peur qu'on me reconnaisse davantage avec un bouquet à la main ! » Puis de conclure en gloussant légèrement : « Question d'habitude ! »

Je ne savais plus si j'aimais le chocolat ou si j'y étais létalement allergique, mais cela n'avait pas grande importance, j'étais si heureuse de la voir, que j'aurais été tout aussi enthousiaste et affamée à l'idée de grignoter le sac plutôt que ce qu'il contenait. Le doute n'était plus permis : j'avais vraiment invité la reine d'Angleterre à dîner chez moi.

Contrairement à elle, je m'étais changée. Environ dix-huit fois depuis que je lui avais tendu ce vieux ticket de caisse plein de prix d'oranges en filet et de gin en litre, à l'arrière duquel j'avais écrit mon adresse, les codes pour ouvrir les deux portes qui permettaient d'accéder à l'ascenseur et enfin l'étage où trouver le paillasson sur lequel elle se tenait. J'avais envisagé toutes les tenues, y compris la robe de mariée de ma mère. J'y avais renoncé, non par crainte de revêtir l'habit dans lequel ma mère avait épousé mon père, ou d'y faire une monstrueuse tache de ketchup au moment du repas, mais simplement parce que je la trouvais un tantinet trop décolletée pour dîner avec la reine. Alors que je remettais la housse qui la contenait dans le placard, je maudissais un peu ma mère de ne pas s'être mariée en col roulé, plutôt qu'en robe Courrèges.

En cherchant désespérément une tenue, dans la penderie de ma grand-mère cette fois, je me demandai soudain s'il était vraiment normal d'avoir tout gardé intact. Je n'avais pourtant fait que poursuivre une tradition familiale. Peut-être par flemme, sûrement par déni, ma grand-mère n'avait jamais touché aux affaires de ma mère après l'accident. Ni à celles de mon père, mais ça, c'était par flemme je n'en ai jamais douté. Par un mélange de mimétisme et de paresse donc, j'en avais fait de même au moment où elle aussi m'avait faussé compagnie et je m'en félicitais car ma grand-mère, parmi mille autres choses débordant de sa penderie, possédait un tailleur Chanel. Plus précisément, elle s'était offert, le cerveau déjà bien à l'état liquide, « le même tailleur que Lady Di parce que c'est la moindre des choses en termes de respect, hein ». Si je n'avais pas trop compris à l'époque où le respect se glissait dans l'achat d'un ensemble veste et jupe en tweed blanc et noir, à l'époque, j'avais surtout eu la flemme d'argumenter sur quelque sujet que ce soit avec elle car c'était une activité vaine et fatigante tant elle était déjà enfermée à double tour dans son monde à elle. Il aurait été moins frustrant de débattre avec le cintre tenant le vêtement.

Elle n'avait jamais porté ledit ensemble, car parmi les nombreuses choses ayant déjà quitté sa boîte crânienne, il y avait visiblement le sens des proportions, et ce tailleur était à la fois trop petit au niveau de la jupe et largement trop grand pour ce qui était de la veste, dans laquelle on aurait pu loger deux fois ma toute petite grand-mère. Le respect était tout de même respecté et je la revois encore assise sur le bord de son lit, passer de longues heures à admirer comme une relique précieuse la housse siglée d'un double C accrochée sur le haut de la porte de sa penderie.

Était-il malin d'ouvrir la porte à la reine d'Angleterre, habillée d'un costume jamais porté mais personnifiant son ancienne bru ? J'allais bientôt le savoir.

« Vous vous êtes changée, non ? » dit-elle l'œil rieur en me détaillant des épaules aux chevilles avant de rester un instant perplexe sur mes chaussures. Ou plutôt sur mon absence de chaussures. Obnubilée par le fait de trouver une tenue à la hauteur de mon invitée et de sa présence, j'en avais oublié un détail et c'est tous orteils dehors que je venais d'accueillir la descendante de George V.

*

Pour ce qui est du repas en lui-même, il fut d'abord assez particulier de faire dîner quelqu'un dans des assiettes sur lesquelles son visage était imprimé à différents âges de sa vie. J'avoue avoir beaucoup hésité à opter pour cette vaisselle, mais je m'étais toujours juré de ne l'utiliser que pour de grandes occasions et force était de constater que c'en était une. Une heure avant, au moment de mettre la table, je m'étais aussi dit que si cette rencontre au supermarché n'avait finalement été qu'un rêve aromatisé au gin, le choix de ces assiettes me permettrait de dîner de toute façon avec la reine d'Angleterre.

En revanche, l'option de prendre des verres à moutarde était sans doute plus audacieuse maintenant que je contemplais l'endroit où Elizabeth II allait être amenée à s'asseoir. Mais en dehors d'un petit « oh ! » amusé plus qu'effrayé à chaque coup d'œil sur mes compétences en art de la table, Elizabeth, en bonne reine et en parfaite Anglaise, imperturbable, ne laissa rien paraître de l'incongruité de la situation. Au contraire, et sans surprise, elle fut l'incarnation parfaite de la bonne éducation alors qu'elle me suivait jusqu'au salon et démarrait un art dans lequel elle excellait également : le *small talk*. Qui n'avait rien de petit à mes yeux, et allait même dans quelques instants créer une gigantesque dévastation en moi.

*

En effet, pendant qu'elle prenait place dans le salon sur le fauteuil en velours sauge du soir, où je l'invitais à poser son royal postérieur d'un geste de la main accompagné d'un « Votre Majesté », auquel elle répondit « merci », j'allais lui proposer de lui servir un verre, quand elle me coupa dans mon élan : « Je suis confuse et vous prie de m'excuser, mais je me rends compte que je ne connais pas votre nom… »

Je devins instantanément livide. Pire que sauge.

Non seulement j'avais totalement merdé en oubliant la politesse de base qui consiste à se présenter lorsqu'on rencontre quelqu'un, et surtout ce quelqu'un là, mais en plus j'avais mis la reine dans une position qui l'avait contrainte à s'excuser. Il est vrai que devant les vitres des portes automatiques du Franprix du bout de la rue, chamboulée par l'étrangeté de la situation et flottante par l'alcool qui restait dans mon sang, je n'avais pas pensé à écrire ne serait-ce que mon prénom sur l'envers du ticket de caisse tant j'étais concentrée à noter les informations pour le soir et ainsi rater un dîner avec Elizabeth II parce que je me serais trompée sur la place d'un chiffre dans une combinaison de digicode. J'avais eu tellement peur qu'elle n'arrive pas jusqu'à « chez moi », que j'avais oublié de lui dire qui était le « moi ».

Autant le fait de m'apprêter à lui servir pieds nus des pâtes d'enfants dans des assiettes avec sa tête dessus ne me posait aucun problème, autant avoir oublié de me présenter prenait désormais dans mon esprit la forme d'une boulette aussi grosse que le déguisement d'officier nazi porté par le prince Harry, lors d'une fête costumée une quinzaine d'années plus tôt. Oui, c'était un oubli de ma part, assez légitime compte tenu du contexte et contrairement au numéro six dans l'ordre de succession au trône, je n'avais en aucun cas cédé à une volonté puérile de provoquer gratuitement et douloureusement les gens à coups de Troisième Reich, mais qu'importe. La blessure était ouverte, le tombeau de ma honte à moitié creusé. Oui, j'exagérais sans doute, mais il était temps de ranger les croix gammées et de sortir les rames.

— Votre Majesté, je suis confuse pour cette maladresse à votre endroit. Sophie. Je m'appelle Sophie. Oh mon Dieu, Sophie bien sûr, avec un S comme Sophie, ou comme Sophie la girafe, ou comme dans philosophie mais ça ne se prononce pas pareil, enfin si vous préférez vous pouvez m'appeler Zophie.

Les rames étaient tombées au fond du lac.

*

Voyant que je rougissais de honte, la reine poussa un petit gloussement, comme une bouée de sauvetage, pour continuer à filer la métaphore, que l'on lance, amusé, à quelqu'un qui se noie dans une flaque, et ajouta : « Enchantée Sophie. C'est un très joli prénom que vous avez là. Le même que celui de la femme de mon dernier fils. La seule qui ne m'ait pas donné plus de cheveux blancs en demandant le divorce, en se faisant sucer les orteils ou que sais-je encore.

Mes yeux étaient ronds comme des billes de l'avoir entendu dire « sucer les orteils ». Elle poursuivait. Et n'ayez aucune crainte, depuis que j'ai rencontré le président Trump, je n'ai jamais trouvé quelqu'un qui lui arrive à la cheville en termes de maladresse… »

Mes yeux avaient retrouvé leur forme normale, mais j'étais encore plus mortifiée car je me souvenais très bien des images de l'ancien président américain, qui touchait la reine en lui tapant dans le dos comme s'ils s'apprêtaient à partager un seau de morceaux de poulet frit, et pire, lui marchait devant comme pour arriver le premier à la cantine. J'avais personnellement frôlé l'apoplexie en voyant et revoyant ses images à l'époque, et j'y pataugeais désormais allègrement.

— Ah bah si Trump fait pire que moi, ça va.

Ça n'allait pas.

Il était temps de lui proposer un verre. Et de mettre des chaussures.

*

— Votre Majesté, puis-je avoir l'honneur de vous proposer quelque chose à boire qui vous… saurait gré ?

Le caractère très très ampoulé de ma question, ajouté à la cocasserie du verre à moutarde que je tenais entre mes doigts, sur lequel on pouvait voir, sérigraphiée sous un logo Amora, une scène des *101 Dalmatiens* où les chiots regardent la télévision, provoqua chez la reine un autre gloussement d'abord étouffé. Puis difficilement contrôlé, avant de vite devenir un fou rire tonitruant. Ses yeux brillaient de larmes qu'elle tentait de contenir dans un dernier effort de bienséance. C'était un spectacle à la fois hypnotisant et dévastateur pour moi, jusqu'à ce que je sente au coin de ma bouche comme une toute petite décharge, à peine une contraction. Je crois que j'étais sur le point de rire. Ce n'était pas arrivé depuis le siècle précédent...

*

Un fou rire royal. Une vague que l'on prend en pleine tête, avec bonheur. Sans crier gare, voilà que je me retrouvais, pendant de longues et merveilleuses minutes, à rire avec Elizabeth II, trouvant juste assez de souffle pour respirer de temps à autre, comme quand on est contraint de remonter à la surface alors que ce que l'on voit au fond de l'eau est si beau. Mais sinon on meurt et c'est moins bien. Ces longues minutes à sentir mes zygomatiques se remettre en mouvement, les entendre presque grincer au début, comme un vieux rouage tout encrassé, une locomotive de dessin animé au démarrage. Puis de moins en moins ankylosé. La fluidité revient, le sang circule à nouveau dans des régions qu'il avait si longtemps désertées, il réchauffe, remet de la vie dans des parties de mon visage. Lorsque la vie revient dans ses joues, l'on se rend compte que jusque-là, c'était la mort qui y avait pris ses quartiers. Le verre et ses chiots devant la télé à la main, j'étais soudain en pleine conscience de chaque nerf, de chaque connexion entre mon cerveau et mon corps. Tout se réveillait.

Et c'était trop.

Ce n'est plus mon ventre qui se contractait au gré des éclats de rire, mais ma gorge qui se serrait, se tendait jusqu'à faire mal, à mesure que l'émotion remontait à la surface. Je reconnaissais cette nouvelle vague et je ne voulais surtout pas revivre une crise de larmes comme celle avec mes fantômes de l'autre jour, au-dessus du fauteuil à l'époque tilleul. Dans un sursaut, un spasme de survie, je me redressai d'un coup, presque comme si de rien n'était et que j'avais une vieille copine de lycée en face de moi : « Bon, c'est pas tout ça mais on boit quoi ? »

Elizabeth s'essuya le coin des yeux du bout de ses petits doigts, remit un peu d'ordre à sa respiration et dit quelque chose de terriblement anglais : « Ce que vous voulez, mais si c'est du gin c'est encore meilleur. » Mon verre à moutarde collé à la paume, je répondis : « Je n'ai même que ça, je vous en sers un bon gorgeon avec une orange pressée ? Comme ça, comme je dis toujours, on évite le scorbut ? »

*

La soirée se poursuivait. Voici donc à quoi allait ressembler le reste de ma vie. Pareil qu'avant, mais amélioré du souvenir d'avoir bu du gin avec la reine d'Angleterre. Tandis qu'elle dévorait ses coquillettes au ketchup, chaque bouchée entrecoupée d'une lampée de ce cocktail le plus simple du monde, à certains instants la cage thoracique encore secouée par les restes de notre fou rire un peu plus tôt, je ne pouvais la quitter des yeux et pensais que toutes les emmerdes que j'avais eues dans la vie avaient conduit à cet instant. Et que, par conséquent, je serais désormais convaincue que les emmerdes avaient du bon. Je songeais aussi que si j'avais vécu à proximité d'un volcan endormi, et qu'il avait choisi ce moment pour se réveiller, nous laissant à jamais figées dans cette scène et la lave, j'en aurais été assez heureuse.

Puis je repris une grosse gorgée de gin, sans aucune trace d'agrumes cette fois-ci, en constatant que même un dîner de coquillettes au beurre et au ketchup avec la reine d'Angleterre me renvoyait en plein visage tout un tas de pensées faites de morts violentes et soudaines.

— Vous pensez à quoi, ma chère Sophie ? demanda la bouche royale en mâchouillant des nouilles coudées.

— À un volcan.

*

— À un volcan en particulier ? Au Vésuve ? Un autre d'Islande avec un nom compliqué ? Un plutôt endormi comme chez vous, en Auvergne ?

Cet art du *small talk*, cette politesse de la conversation, toute britannique qu'elle était, c'était quand même quelque chose qu'il fallait sérieusement envisager de déposer au patrimoine mondial de l'humanité au même titre qu'une pyramide d'Égypte ou qu'une andouillette de Troyes. Je répondis d'un simple sourire qui allait laisser cette histoire en suspens. La reine savait faire semblant de s'intéresser à n'importe quel sujet, mais elle n'avait pas besoin de forcer quoi que ce soit pour, d'un regard, comprendre tout et laisser passer un silence. Et j'avais compris qu'elle avait compris.

Je n'avais pas caché bien longtemps ma boule de chagrin au creux de la main. Autant j'avais réussi parfaitement la cuisson de mes coquillettes, autant j'avais échoué à faire mienne la devise de la famille royale, *never complain, never explain*. Ne jamais se plaindre, ne jamais se justifier. Ne jamais parler de volcans les yeux mouillés. C'était loupé.

De longues minutes passaient dans un silence paradoxalement de plus en plus confortable. J'étais toujours en train de lutter avec mes larmes pour qu'elles ne dégoulinent pas dans mes nouilles quand la reine se décida à remettre un peu plus de ketchup dans son assiette généreusement servie. L'épaisse sauce rouge trop sucrée sortit du flacon en plastique souple dans un gros « sploutch » qui brisa d'un coup le calme trop calme. Cet invraisemblable bruit de pet mouillé fut l'occasion pour nos regards de se croiser. Si les larmes traînaient toujours au coin de mes yeux, dans ceux d'Elizabeth je distinguais quelque chose d'absolument étonnant, nouveau et merveilleux : elle rougissait.

Le bruit de flatulences, façon cartoon, ne pouvait venir que du récipient en plastique, je le savais, elle le savait, mais visiblement elle ne savait pas que je savais. Cette vision d'une reine en place depuis soixante-dix ans, mortifiée à l'idée que j'aie pu penser qu'une chose pareille put avoir lieu dans ma cuisine, fit sécher d'un coup l'eau en surdose sous mes cils. Il n'était bien sûr pas question de rire, même avec tendresse. C'était à mon tour de faire la démonstration de la bonne éducation que j'avais reçue, même si elle datait du siècle précédent. Et c'était l'occasion de changer de sujet en posant une question qui me brûlait les lèvres depuis son apparition sur mon paillasson. Alors que je rabattais le petit clapet protecteur en plastique blanc sur le haut de la bouteille de ketchup, je demandai : « Votre Majesté, si je puis me permettre, j'aimerais vous poser une question, ou plutôt deux. Quel bon vent vous amène à Paris ? Et chez moi, aussi ? »

*

Elizabeth reprit une gorgée de mon cocktail, s'essuya le coin gauche de la bouche avec la feuille de sopalin imprimé « fruits du verger » que j'avais pliée en quatre et donc en carré avant d'en coincer une sous chaque verre à moutarde pour faire chic, sans succès, puis elle s'éclaircit la voix dans un tout petit râle perdu sous la glotte, presque un ronronnement, et prononça cette phrase qui m'envoya du gin jusqu'aux sinus.

— Comme vous le savez peut-être, mon mari s'est éteint récemment.

À cet instant précis, un être humain normalement constitué aurait choisi de répondre quelque chose d'assez classique, tricoté autour de la formule de circonstances des « plus sincères condoléances ». Force est de constater que je n'étais pas un être humain normal puisque je répondis :

— Et comme vous l'ignorez très probablement, toute ma famille est morte.

Avant d'ajouter un très dispensable :

— Mais pas tous en même temps, hein.

Elizabeth, très dignement, avala une gorgée de son verre *101 Dalmatiens*, s'essuya cette fois la commissure droite des lèvres d'un revers de mon immonde essuie-tout et se comporta, elle, comme un être humain normalement constitué :

— Je suis bien désolée, chère Sophie, d'apprendre cela. Soyez assurée de mes pensées les plus chaleureuses.

Cette femme parlait comme on écrit sur un bristol avant de le glisser dans un bouquet de fleurs à faire livrer. Et moi probablement comme l'arrière d'un paquet de céréales soufflées au chocolat avec un singe à casquette dessus et un jouet en plastique dedans. Je tentai de sauver les meubles. Sans succès, évidemment.

— Et moi, je suis désolée pour votre mari.

Elle souriait.

— Et votre mère.

Elle souriait toujours.

— Et votre sœur.

Elle souriait encore.

— Et puis pour votre père aussi, mais bon ça, ça commence à faire longtemps.

Elle but d'une traite la fin de son verre imprimé petits chiens.

*

Visiblement sur une lancée, ou probablement incapable de m'arrêter, j'enchaînai un monologue sans queue ni tête face à la plus vieille monarque encore en exercice sur Terre.

— Votre Majesté, je ne sais pas pour vous mais, moi, je trouve que les morts ont l'air d'être morts depuis dix minutes, ou dix ans, ou les deux à la fois. Vous saviez ce que disait Victor Hugo sur les morts ? Enfin sur les absents, quoi… Vous connaissez Victor Hugo ? Ah bah oui, je suis bête, y a quand même une base de culture générale quand on est reine, j'imagine. Je suis sûre, en revanche, et vous ne me contredirez pas, je pense, que pour être président des États-Unis c'est moins sélectif comme concours d'entrée. Je plaisante, enfin non, enfin surtout pour l'ancien quoi. Et un peu Reagan aussi. Bref, oui, je disais donc que Victor Hugo, qui s'y connaissait un peu en deuil puisque lui c'est sa fille qu'il a perdue, d'une noyade en plus, vous imaginez la connerie, bref, il disait un truc super beau auquel je pense de temps à autre : « Le souvenir, c'est la présence invisible. »

Sans doute pour que cesse le déluge de mots sortant de ma bouche, peut-être aussi parce qu'elle était sincèrement convaincue et émue par cette citation de Hugo, elle posa sa toute petite main sur la mienne, et affirma d'une voix douce et chaude comme un pull d'Anne Sinclair : « C'est exactement ça chère Sophie, c'est exactement ça. »

Je regardais sa main. On n'est pas censé toucher la reine d'Angleterre, mais j'imagine que quand c'est elle qui a commencé, elle qui a tiré la première fléchette d'affection, il y a une dérogation, et on peut tenter d'atteindre la cible royale. Je déplaçai alors mon autre main sur la sienne afin de former un sandwich fait de nos paumes et de nos doigts.

Et, pour une fois, je dis quelque chose de normal :

— Alors, Votre Majesté, vous voulez faire quoi maintenant ?

*

Vingt-deux mois plus tard

Voir la mer

Voilà près d'une demi-année qu'Elizabeth était morte. La lumière tout à fait particulière que seuls les petits matins d'hiver en Écosse sont capables de produire me faisait sortir de sous mes épaisses couvertures pour m'en rapprocher, vers la fenêtre. Dans cette grande chambre au plafond beaucoup trop haut et au sol en pierre beaucoup trop froid, je zigzaguais parmi les vêtements et chaussures que j'avais laissés traîner par terre la veille, sans prendre la peine de les ranger. J'étais la preuve qu'on pouvait vivre dans un château sans pour autant avoir des manières de princesse. Un petit château, certes, mais un château tout de même. Du revers de la main, je repoussai les épais rideaux qui faisaient bien leur travail en occultant la vue et la lumière, à l'exception de cet espace que je laissais volontairement ouvert le soir pour me faire réveiller par cette dernière le matin. D'abord celui en lourd velours mordoré rebrodé de motifs pourpres, qui pesait tant que j'imaginais que dix siècles de poussière et d'acariens venaient l'étoffer. Ensuite, de la paume de l'autre main, je fis glisser celui en coton mêlé de lin, qui dans l'envergure du geste vint dessiner des motifs plutôt abstraits que géométriques sur la buée en haut des vitres qui semblaient monter jusqu'au ciel.

Elizabeth m'avait donné un conseil de son vivant, une consigne même tant elle l'avait énoncée de manière déterminée, si bien que je m'y pliais chaque matin : « Chère Sophie, si vous voulez bien commencer une journée, prenez le temps de voir le soleil se lever. » Et il faut reconnaître qu'en ce matin de février, le tout début de retour de la lumière qui réchauffe, qui s'étale millimètre par millimètre sur toutes les subtilités topographiques du paysage écossais et qui donne cette impression que la nuit d'encre sèche sous l'effet de la chaleur pour faire place à la teinte du dessous, d'abord moins sombre et rapidement plus claire, était un sacré spectacle. Elizabeth avait raison. Elle avait toujours raison. Voir le jour qui revient, imperturbable, si noire fut la nuit, avait quelque chose de profondément rassurant. Et ce miracle apaisant se produisait chaque matin, qu'importe le mois affiché sur le calendrier, toujours plein de chatons, et qu'importe le paysage de l'autre côté de la fenêtre. Le matin revient, toujours, tout comme la mer, qui s'est retirée à la faveur de la marée descendante, finit aussi par revenir grignoter les bords du rivage au bout de quelques heures. À Trouville ou ailleurs.

*

Le soir où Elizabeth avait dîné chez moi autour de coquillettes au ketchup, à la question « Vous voulez faire quoi maintenant ? », la reine m'avait répondu, non sans avoir repris une bouchée avec plus de fromage râpé que de pâtes : « Je sais bien que je vis sur une île, mais puisque vous me posez la question chère Sophie, j'ai très envie de voir la mer. Et de manger des huîtres. » Elle ajouta, en suçotant sur le bout des dents de sa fourchette les traces du condiment rouge et sucré : « Vous vous rendez compte que j'ai été mariée pendant soixante et onze ans à un homme qui n'aimait pas les huîtres ? » Je lui avais alors répondu que non, je ne me rendais pas bien compte puisque je n'étais pas mariée depuis soixante et onze ans, ni tout court, mais que, pour ma part, j'aimais bien les huîtres et que je serais ravie d'en partager des douzaines avec elle. En face de la mer de son choix et du vin blanc du mien. Quelques verres de mon cocktail gin et oranges plus tard, notre choix s'était fixé sur Trouville, parce que l'un des rares livres que j'avais lu et aimé était de Marguerite Duras qui y avait ses habitudes, et que l'un des rares films français qu'elle avait vu était de Claude Lelouch qui s'y passait sur la plage voisine. S'était alors posé le problème ou du moins la question de « comment voyager tranquillement quand on a comme bagage à main une monarque en fuite avec un bob à fleurs sur la tête ». En guise de réponse, Elizabeth avait souri avant de sortir de son sac banane un petit téléphone comme on en voyait au début des années 2000. Un téléphone pas du tout intelligent, qui ne prenait pas de photos ou alors de très mauvaises, n'allait pas sur Internet et avec lequel on n'écoutait pas de musique, même de la très mauvaise, mais qui avait une qualité certaine et à l'époque incroyablement suffisante : faire téléphone. Une touche verte pour décrocher, une rouge, pour mettre fin à la conversation, d'autres, noires mais floquées de chiffres et de quelques lettres dans l'ordre alphabétique, et qui permettaient de composer un numéro ou d'écrire de courts messages dans une écriture forcément très concise car tapotée caractère par caractère. Entre les touches rouge et verte qui permettaient d'allumer ou d'éteindre l'appareil, un petit pavé de flèches directionnelles et une touche « OK ».

Et c'était tout.

Ou presque, puisque ce genre de téléphone contenait aussi un jeu, merveilleux dans sa simplicité, sur lequel j'avais moi-même passé de longues heures à jouer.

Le concept de ce jeu était vraiment très simple. Enfantin même. Quelques pixels alignés, et de l'imagination, traçaient une ligne que l'on désignait comme un serpent. Et ce reptile, dans son évocation la plus simple, devait se nourrir d'autres pixels isolés et formant ainsi des petites boules qui étaient la base de son alimentation. Au fur et à mesure de ses ingestions, le serpent devenait de plus en plus long, et donc de plus en plus compliqué à diriger à l'aide des touches fléchées du petit pavé en plastique. Seconde difficulté, la bestiole ne devait en aucun cas se mordre la queue ou sortir du cadre de l'écran. On savait se divertir à l'époque…

Mais à cette exception ludique près, quand ces appareils étaient en vogue, ils permettaient surtout, enfin surtout dans mon cas il est vrai, de joindre ma grand-mère pour m'assurer qu'elle était toujours vivante quand je sortais du lycée et si oui, s'il fallait du pain pour le dîner.

Quoi qu'il en soit, l'objet ayant perdu sa fonction principale, après la mort de ma grand-mère, j'ai gardé l'habitude de passer des journées entières, assise sur son lit aux draps refermés, à jouer à ce jeu du serpent. Jusqu'à ce que la batterie démissionne et cela pouvait prendre, à l'époque, alors plusieurs jours. Les yeux fixés sur le portable d'Elizabeth, je me disais que finalement j'avais eu de la chance de ne pas finir dans le journal à cette période-là, comme la jeune fille terrassée par la fatigue devant un écran noir et jaune de deux centimètres carrés et un serpent de douze mètres. J'avais lu dans la presse les histoires de ces hommes accros aux jeux vidéos de tous les âges, un peu partout sur Terre mais surtout au Japon, qu'on retrouve morts de soif ou du manque de sommeil, le corps ne faisant plus qu'un avec leur fauteuil multimédia en cuir à roulettes et accoudoirs rembourrés, la partie toujours en cours, mais le niveau supérieur à jamais inatteignable. Ma mort aurait eu encore un peu moins de panache, en peignoir qui pue à force de ne pas être lavé sur le lit de ma grand-mère, un serpent boulimique sur l'écran d'un téléphone dont la batterie m'aurait survécu.

Voilà à quoi je pensais alors que la reine d'Angleterre me tendait une version à peine modernisée de mon compagnon de vie du début des années 2000.

*

— Nous n'avons qu'à demander à Charles, après tout, en mon absence il ne peut y avoir de vacance et c'est lui qui est aux commandes. Comme moi quand mon père est mort et que je ne le savais même pas. J'étais Reine dès qu'il ne fut plus Roi. Dès qu'il ne fut plus tout court d'ailleurs…

Je lançais un truisme dispensable.

— Mais vous n'êtes pas morte, votre Majesté…?

Déshabillant son Babybel, elle trancha.

— Morte ou introuvable, c'est pareil ! Il faut quelqu'un sous la couronne *dear* Sophie !

Devant mes yeux ronds comme les Babybel qui allaient nous faire office de plateau de fromages, Elizabeth gloussa avec tendresse avant de poser son téléphone sur la table et sa main sur la mienne. Peut-être avait-elle senti que depuis quelques instants j'avais à nouveau glissé du côté de mes fantômes. Elle m'expliqua alors tranquillement les événements et les choix qui l'avaient conduite jusqu'à ma cuisine.

— Vous savez mon mari était très très vieux, presque un siècle, et moi je ne suis pas tellement plus jeune. Quand il a eu quatre-vingt-dix ans, nous avons commencé à parler beaucoup de « l'après »…

Je l'interrompais, et m'indignais moi-même.

— De la vie après la mort ?

Le sourire tendre se faisait plus mélancolique. De sa main encore libre, elle attrapait délicatement les quelques coquillettes égarées dans son assiette. Leur habit de ketchup mêlé au beurre les rendait particulièrement glissantes et compliquées à saisir, mais la reine était aussi déterminée que patiente dans cet exercice. Elle continuait de se confier à moi, comme si elle avait fait ça toute sa vie, ou plutôt toute la mienne.

— Non, chère Sophie, de la vie de l'un, après la mort de l'autre.

La dernière coquillette venait de disparaître dans sa bouche.

— C'était très important pour nous deux, car chacun de notre côté, quand nous étions jeunes, nous avons vécu des disparitions brutales et savions ce que cette soudaineté pouvait créer comme désarroi. Aussi on s'en parlait souvent, tout en sachant que ça ne changerait pas grand-chose à notre chagrin le jour venu, mais au moins nous ne serions pas pris au dépourvu.

Je n'en revenais pas d'entendre toutes ces confidences. J'en oubliais presque que dans le creux de ma main sur laquelle Elizabeth avait déposé la sienne, le Babybel que j'avais entrepris de manger juste avant de savoir que la reine allait m'ouvrir son cœur était en train de fondre. Et cela n'avait aucune importance. Ma paume serait sans doute tachée de cette cire rouge à tout jamais, je continuais à boire ses paroles à défaut de manger mon fromage.

— Alors nous avons commencé à rédiger des listes. Celle, par exemple, de toutes les choses que nous nous forcerions à continuer de faire quand l'autre ne serait plus là. Et puis pour nous alléger un peu, nous écrivions en parallèle celle de toutes les choses que l'on pourrait enfin faire quand l'autre aurait disparu.

La cire à l'intérieur de ma main était désormais à moitié liquide.

— Philip par exemple aurait repris la cigarette si j'étais partie la première. Il avait arrêté en 1953, juste après la mort de mon père, et ça lui a manqué pendant toutes ces décennies. L'envie n'est jamais partie.

Ses doigts serraient soudain un peu plus fort les miens. Évoquer deux chers disparus en quelques secondes aurait crispé n'importe qui. Et pour une fois la reine ne faisait pas exception.

*

En dehors de cette infime contraction des phalanges, elle demeura imperturbable et poursuivit.

— Pour ma part, j'avais bien sûr noté que j'avais envie de manger des repas entièrement faits d'huîtres, mais sur cette liste j'avais surtout écrit « disparaître ». Pas au sens de mourir, je vous rassure, chère Sophie, mais dans celui de ne plus être au centre de toutes les attentions. J'ai toujours eu du mal avec ça. Il me jetterait son regard le plus noir s'il savait que je vous confie ceci, mais Philip, lui, adorait ça. Peut-être parce qu'enfant il avait été laissé de côté, peut-être aussi parce que *my job* me faisait prendre beaucoup de place dans notre couple et notre vie familiale, et que tant qu'à faire autant y trouver divertissement et plaisir.

Je m'amusais de voir que, malgré son français parfait, certains mots, si lourds de sens et de devoirs, restaient coincés dans sa langue maternelle. Elle continua.

— Il jouait les bougons, les pince-sans-rire même parfois les taquins dans les occasions officielles, mais il aimait ça. Vraiment. Il aimait le crépitement des flashs, les rubans de toutes sortes à couper avec d'énormes paires de ciseaux dorés, les plaques à révéler d'un coup de rideau soulevé. Les petits fours plus ou moins comestibles, les poignées de main quelquefois glissantes de sueur de personnes intimidées en face de nous, et puis ces noms de famille qui rentrent par une oreille pour ressortir par l'autre. Sans oublier tous ces cadeaux dont on ne sait plus quoi faire, tous ces bouquets qui finissent par rendre allergique au pollen, mais aussi l'émotion dans les yeux des gens. Il adorait tout ça.

Le Babybel était officiellement fondu.

— Entendons-nous, Sophie, je n'ai rien contre ces moments et j'apprécie ce privilège que la vie m'a…

Elle paraissait avoir du mal à prononcer le mot suivant.

— … offert, mais c'est *my job*, pas un loisir, ni un plaisir. C'est sympathique et unique…

À nouveau l'anglais revenait, comme si l'aveu qui allait suivre passerait mieux en version originale.

— *But it's a job, a job that needs to be done.*

Un ange passait.

À son tour, Elizabeth semblait entourée de beaucoup de fantômes. Je décidai d'achever une bonne fois pour toutes le petit fromage industriel que je ne mangerais jamais, en plaçant mon autre main sur celle de la reine. Toujours ce merveilleux sandwich de nos quinze doigts.

— Donc vous voulez être incognito, c'est bien ça, Votre Majesté ? Oserais-je même dire « peinarde pour une fois » ? Qu'on vous fiche un peu la paix, qu'on vous offre un peu moins de bouquets et un peu moins de banquets, quoi ?

Un rire s'échappa de sa bouche couronnée de rides.

— C'est exactement ça, Sophie !

J'avais, cette fois volontairement, fait rire Elizabeth II d'Angleterre, je pouvais mourir tranquille. Mais pas tout de suite, je devais d'abord l'emmener à Trouville-sur-Mer pour y manger des mollusques.

Le pont de Normandie

Le lendemain matin, une Range Rover noire, aux vitres fumées et volant à droite, nous attendait au pied de mon immeuble. Le petit téléphone rétro de la reine lui avait donc permis de contacter son fils aîné et de lui demander, ou plutôt de lui faire part de son souhait d'avoir un moyen de locomotion mis à sa disposition pour que nous puissions toutes les deux rejoindre, en un claquement de doigts ou presque, la côte normande. J'avais même eu le droit à cette expérience, troublante il y a encore trois jours, mais désormais assez normale aux côtés de la Reine de converser quelques instants avec son fils dans ce même petit téléphone. Il me remerciait de tenir compagnie à sa mère, n'avait pas l'air de comprendre que c'était pour moi un bonheur et non une faveur. Son français était parfait. Un chauffeur nous attendait à l'avant du véhicule. Elizabeth adorait conduire, depuis son adolescence et sur presque tous les terrains, mais elle connaissait les limites de ses yeux, de son corps aussi, et surtout d'un pays où tout le monde conduit du mauvais côté de la route. Il s'agissait de parcourir plus de deux cents kilomètres, pas d'aller se promener dans le domaine de Balmoral en faisant un crochet par les écuries pour aller caresser la crinière de ces doubles poneys qu'elle aimait monter. Dans une grosse année, le monde entier ferait la connaissance de ces créatures au pelage sombre, lors de la longue procession de son cercueil à travers une partie de l'Angleterre, à laquelle les quadrupèdes, eux aussi, ne manqueraient pas de participer.

Je devinais que notre chauffeur était britannique, bien qu'il ne prononçât pas un mot de tout le trajet, car il ne put s'empêcher, en allant à la rencontre de la reine pour lui ouvrir la portière et prendre son sac de voyage estampillé ER, de coller son menton au haut de sa cage thoracique, révérence masculine incontournable, à laquelle même un futur roi comme Charles se plie. Symboliquement et littéralement donc.

J'étais pour ma part assez heureuse de la présence de cet homme installé à la place du conducteur, car je ne possédais pas le permis et ne m'étais jamais retrouvée assise derrière un volant. Sauf quand j'étais enfant, à tour de rôle sur les genoux de mon père ou ceux de ma mère, dans la Renault 5 rouge qui avait précédé la Twingo, garée, moteur éteint, le contact simplement mis pour me permettre d'actionner la petite manette à droite sous le tableau de bord, et ainsi m'accompagner lorsque je chantais ce petit morceau de la chanson *La Gadoue* de Serge Gainsbourg, interprétée selon les versions par Petula Clark ou Jane Birkin.

— *Mettons en marche les essuie-glaces. Et rentrons à Paris.*

Je pouvais entonner ce passage vingt fois de suite. Parfois mon père activait par surprise la commande du lave-vitres, dont le giclement bleu à l'odeur fraîche me faisait sursauter, puis éclater de rire. Je ne sais pas pourquoi cette chanson me fascinait autant. Peut-être parce que j'aimais plus rentrer chez moi qu'en partir. Peut-être parce que le mot « essuie-glaces » me faisait songer au sorbet citron qui était ma passion à l'époque. Peut-être que j'avais cinq ou six ans et qu'à cet âge-là les obsessions divertissantes et farfelues sont légion. Quoi qu'il en soit, mes parents ne se lassaient jamais, ou en tout cas ne le montraient pas de m'entendre reprendre à tue-tête ce refrain. Ils se réjouissaient probablement en silence de n'avoir fait qu'une seule enfant et attendaient que cette lubie me quitte.

J'interrompis ma rêverie d'une question, absurde, histoire de faire preuve de constance.

— Vous connaissez Petula Clark, Votre Majesté ?

Alors qu'elle me faisait non de la tête, l'homme démarrait la voiture, et je pensais au fait que, pour ma part, il était assez probable que jamais je ne conduise et assez certain que personne ne me reproche de croire que la sécurité routière avait une dent contre ma famille.

*

Le trajet fut absolument délicieux. Installées à l'arrière de ce spacieux véhicule destructeur de planète, nous avons papoté deux heures durant, les mains piochant l'une après l'autre dans les petits gâteaux secs et les fruits frais mis à notre disposition. Pour accompagner tout ça je buvais de l'eau minérale à petites gorgées et les paroles de la reine litre par litre. Elle profita du temps du voyage pour me raconter sa première visite en France, à Paris en 1948. C'était au mois de mai, l'air était doux, elle était mariée avec son Philip depuis six mois déjà et dissimulait encore sans trop de problèmes sous des tenues bleu ciel bien coupées l'arrivée de Charles en novembre suivant. Vincent Auriol avait convié celle qui n'était alors qu'une jeune princesse destinée un jour lointain à devenir à son tour reine. Le jour lointain ne l'était finalement pas tellement puisqu'elle succéderait à son père un peu moins de quatre années après cette visite.

De ce voyage, elle se souvenait de l'enthousiasme des Français et surtout des Françaises pour ses chapeaux et de celui de Philip pour les déambulations parisiennes à toute heure du jour et de la nuit. Lui qui, contrairement à son épouse, avait eu plusieurs fois l'occasion de visiter Paris et appréciait beaucoup la ville. Elle me racontait aussi que tout ce premier séjour officiel fut ponctué par ses angoisses de vomir sur les chaussures du premier président de la Quatrième République, les nausées matinales étant assez présentes à ce stade de la grossesse et du voyage. Parler vomi avec la reine d'Angleterre dans une Range Rover c'est quand même quelque chose à vivre.

Pendant qu'elle farfouillait dans le plat creux en porcelaine lavande à fleurs blanches pour attraper une sorte de *shortbread* moucheté de raisins secs, je pensais cette fois au fait que je n'aurais sans doute jamais l'expérience des nausées matinales et que tout comme celle de la conduite automobile, j'étais persuadée que cela ne manquerait pas à mon existence. Et puis ça ne devait pas être si éloigné d'un réveil de gueule de bois, et je n'avais pas envie de connaître cette sensation trois mois durant.

Je piochais à mon tour dans l'assortiment de douceurs au beurre pour tomber sur une espèce d'escargot sablé au milieu duquel s'ennuyait ferme une cerise confite. Il n'y a qu'avec la reine d'Angleterre que l'on peut se délecter d'une cerise confite.

*

Les nuages se faisaient un peu plus dodus dans le ciel, trahissant l'océan tout proche. Le front collé à la vitre teintée de la voiture pour en récupérer la fraîcheur, je laissais mon regard se balader sur le paysage qu'offrait l'autoroute. C'était comme regarder le film le plus monotone du monde malgré quelques incursions de suspense, comme cette plaque immatriculée du département 56 et qui, en dépit de ma grande collection d'aimants sur le frigo, me plongea dans des abîmes de doute. Cinquante-six. Était-ce la Moselle ou la Meuse ? La Mayenne peut-être ? J'attrapai un autre petit gâteau sec en espérant que le sucre qu'il contenait arriverait directement au cerveau, comme si je l'avais pris en intraveineuse dans le creux de mon bras. Mon esprit était en train de me visualiser émiettant une gaufrette pralinée dans une seringue quand la reine s'écria : « Normandie ! »

La réponse que je lui fis me permit d'être le témoin de la façon dont son visage se plaçait quand elle était décontenancée : « Hélas, Votre Majesté, la Normandie est une région, pas un département. »

*

J'attrapai une jeune fraise encore verte à sa base, la grignotai minutieusement avant de me rendre compte qu'Elizabeth avait toujours son air interdit et que c'était probablement parce qu'elle n'avait pas la moindre idée de ce dont je parlais. Elle avait beau régner sur tout le Commonwealth, elle n'avait pas de pied-à-terre dans ma cervelle et n'avait pas la vue sur le combat contre l'amnésie qui s'y tenait. Mais comme elle avait définitivement plus de manières que moi et n'avait pas l'ensemble de ses neurones occupés à déterminer où se trouvait ce maudit cinquante-sixième département, elle enchaîna : « Oh pardon, je parlais en fait du panneau qu'on a dépassé, ma chère Sophie. »

Par ma faute, la reine en était encore à devoir me présenter ses excuses, pour avoir commis la seule faute de parler avec quelqu'un de trop occupé à se souvenir de sa collection de cadeaux glissés dans de la malbouffe pour être polie et cohérente. Sa moue gênée était toujours là, bien installée sur son visage. Peut-être commençait-elle à se demander ce qu'elle foutait dans une Range Rover filant vers la mer avec une maniaque qui semblait avoir mangé le volume « N » d'une encyclopédie en plus de la moitié des gâteaux secs. Peut-être regrettait-elle terriblement d'avoir eu une envie de coquillettes la veille. Peut-être regrettait-elle tous les choix qu'elle avait faits dans sa vie jusque là, car tous ses choix l'avaient conduite jusqu'à moi. Je finissais par redescendre sur terre et dans cette voiture, la bouche pleine de miettes et par comprendre l'expression sur le visage de la Reine quand le panneau « Pont de Normandie » suivi de la mention « 1 500 mètres », apparut enfin dans mon champ de vision. Mes yeux depuis quelques minutes s'étant perdus le long du tableau de bord à la recherche d'un éventuel indice sur le département 56.

Voilà pourquoi la reine s'était enthousiasmée quelques instants plus tôt : nous arrivions vers le pont qui allait nous permettre de bientôt atteindre notre destination. Si, petite, j'avais longtemps cru que Trouville était une ville au fond d'un trou, l'existence d'un « pont de Normandie » ne m'avait jamais laissé croire que cette région était une île. Alors que ça aurait été une erreur bien plus facile à justifier. L'heure n'était cependant plus à la géographie approximative, mais à se confondre en excuses auprès d'Elizabeth pour l'avoir abandonnée en pleine discussion. Même avec la reine d'Angleterre à mes côtés, j'avais encore la vilaine habitude, bien encrassée, de me croire seule au monde. Mon ADN n'avait visiblement plus le mode d'emploi de la bonne conduite sociale à tenir, après vingt-deux ans seule.

Un nouveau panneau annonçait l'arrivée du pont dans mille mètres. J'avais un kilomètre pour rattraper la situation et oublier ce maudit cinquante-sixième département. « Ah oui, Votre Majesté, le pont de Normandie ! », puis sans me contrôler, sûrement guidée par ma honte j'ajoutais : « Savez-vous que cette merveille d'architecture est unique en son genre ! » Le regard de la reine s'était enfin défait de cette expression gênée pour désormais convoquer plutôt la curiosité. « *Oh really ?* Et pourquoi ça ? » J'attrapai le plus gros gâteau sec qui restait dans le petit plat en porcelaine pour l'engouffrer. Et gagner du temps, car je n'avais aucune idée de la réponse. J'avais parlé pour parler et la reine, elle, attendait d'en savoir plus sur ce pont. Je pointai du doigt mes joues pleines de sablé comme on montre son voisin en classe quand on a fait la bêtise mais qu'on ne veut pas la punition. Je mâchais le plus lentement possible. Un nouveau panneau annonçait le pont dans cinq cents mètres. J'étais dans la merde. Pour ne jamais avoir à répondre, j'envisageais de manger tout le plat de gâteaux, porcelaine incluse.

*

Qu'allais-je pouvoir dire sur cette structure blanche tout en ligne de fuite sur laquelle nous venions de nous engager et dont je ne connaissais rien, puisqu'elle n'existait pas du temps où mes parents m'emmenaient manger des gaufres à Trouville, et qu'après ça, j'y étais toujours revenue par le train. Les secondes étaient suspendues dans l'habitacle de la voiture et je voyais déjà arriver la fin du pont. J'aurais pu raconter que ce n'était pas le plus long pont du monde, vu le peu de temps qu'il me restait pour trouver une solution. C'est vrai, mais ça ne l'aurait pas rendu spécialement unique.

Et puis je me suis souvenue que le métier de ma voisine de banquette était d'être polie et curieuse de tout. Même si l'information entrait par une oreille pour ressortir par l'autre la plupart du temps. Finalement le plus important c'était la conversation. Pas les mots qui la constituaient. Alors je me lançai, le pont disparaissant de plus en plus derrière nous.

— Eh bien, figurez-vous que c'est le seul pont à la surface du globe sur lequel nous sommes passées toutes les deux en mangeant des *shortbread* un vendredi.

J'en repris d'ailleurs un et ajoutai la bouche pleine, à peine compréhensible : « Vé-hi-dique » qui voulait dire véridique, et avais envoyé des miettes sur un rayon d'un mètre. J'allais déglutir quand revint à mes oreilles le plus doux bruit du monde. La reine gloussait. Elle attrapa elle aussi un petit biscuit. « *That's funny,* Sophie ! » Apparemment ça l'était vraiment à ses yeux. Il était temps que, sans le vouloir, je gâche ce moment si léger.

*

L'ambiance était détendue dans la Range Rover. Elizabeth avait encore imprimé sur le visage le sourire de ma plaisanterie sur le pont de Normandie. Sans doute animée par l'envie d'entendre ce rire royal, à moins que le sucre des gâteaux secs ait finalement creusé ma boîte crânienne comme il l'aurait fait d'une dent gâtée, toujours est-il que je trouvai nécessaire d'ajouter : « Bon c'est sûr qu'à côté de votre London Bridge, ce pont-là on dirait un paquet de cure-dents à peine rangés. » Son sourire avait disparu. Tandis que je me demandais où il avait bien pu passer, son visage, lui, devenait même grave. C'était un spectacle absolument insupportable à observer, surtout sans savoir ce qui avait pu le déclencher. Ses yeux ne renvoyaient plus l'éclat qu'on y trouvait habituellement. Sa bouche était pincée, comme si elle tentait de contenir tout le chagrin que son corps avait, fragile barrage couvert d'un rouge à lèvres à la teinte naturelle légèrement rosée. Même ses mains, désormais crochetées l'une dans l'autre, trahissaient le malaise que ma phrase aux cure-dents avait provoqué. J'avais à nouveau merdé, mais pour le coup je n'avais pas la moindre idée de comment j'avais fait ça.

*

La Range Rover continuait à filer vers la côte. Les panneaux annonçaient « Deauville-Trouville » dans une grosse poignée de kilomètres. Le silence régnait toujours dans la voiture royale. J'avais beau être habituée à l'absence de bruit en vivant seule depuis le précédent millénaire, je trouvais cela insoutenable. Ce voyage sans le son me donnait l'impression que l'on m'avait enfoncé des cotons-tiges un peu trop loin dans les oreilles. Il prenait ma tête en étau. Ma compagnie n'était pas agréable à la plus incroyable personne sur Terre, et cela me déclenchait une migraine. Le front désormais collé dans la paume des mains, les yeux fermés, il était urgent de dégoupiller n'importe quelle phrase pour venir débloquer cette situation. Je choisissais évidemment la pire.

— Ça roule, Abdul ?

*

Au moins elle n'avait plus l'air triste ou grave. Ses yeux étaient ronds comme les cerises confites collées sur les biscuits. Dans le rétroviseur intérieur, le chauffeur venait de lancer un regard similaire vers notre banquette. S'il flottait dans l'air un parfum de léger malaise, j'en connaissais cette fois parfaitement la source. Et ça m'était beaucoup plus agréable. J'enchaînai. « Pardonnez-moi l'expression, qui en plus ne passe sûrement pas très bien la barrière de la langue, mais vous faisiez une drôle de tête et ça me donnait mal à la mienne. J'ai l'impression qu'avant de vous appeler Abdul j'ai dit un truc qu'il ne fallait pas et j'en suis navrée. Désolée de l'avoir dit et aussi de ne pas savoir ce que j'ai dit qu'il ne fallait pas dire. Et de dire ce que je dis maintenant et que je ne devrais sans doute pas dire non plus et encore moins vous le di… » Elle interrompit heureusement cette longue glissade parlée en posant sa main sur mon avant-bras appuyé sur l'accoudoir. « Vous n'avez rien dit de mal, Sophie, je vous rassure. C'est toujours un peu compliqué pour moi de parler du London Bridge, mais je ne vais pas vous embêter à vous expliquer pourquoi. »

Cette fois ce sont mes yeux qui imitaient les cerises confites. Bien sûr que je savais pourquoi « London Bridge » étaient des mots à manier avec précaution. Je le savais depuis des années même. J'avais malheureusement laissé cette connaissance à Paris, probablement avec le nom du cinquante-sixième département français. Mes yeux dans les siens, chacun ayant retrouvé une forme plus normale, et d'une voix elle aussi revenue à un débit plus audible, je lui répondis : « Il y a peu de choses dont je sois sûre au monde, par exemple je pensais détester les cerises confites et j'en suis à la septième depuis notre départ, mais s'il y a une certitude qui ne me quitte pas, c'est que d'aucune façon et à aucun moment, vous ne pourriez m'embêter avec quoi que ce soit. Jamais, jamais. En revanche, je viens de me souvenir de ce que ces deux mots évoquent, en plus du monument, et je ne voudrais pas vous faire avancer davantage dans une telle discussion alors que nous débutons ce qui va, j'en suis sûre, être un si charmant week-end. » Car il est certain que toute reine qu'elle était, elle n'avait peut-être pas envie de parler de sa mort lors d'un voyage qu'elle avait initié parce qu'elle avait surtout eu envie de manger des huîtres.

« London Bridge » désignait en effet le nom de l'opération d'envergure, et le protocole militaire et civil qui en découlerait, et qui seraient mis en route le jour de la disparition de la Reine. Plus précisément, quand ce moment arrivera, son secrétaire privé préviendra le palais, puis le Premier ministre en récitant cette phrase : « *London Bridge is down.* » Le pont de Londres s'est effondré. Et le pont ce serait elle. Un jour.

Elle fit alors un geste que je ne lui connaissais pas et qui trahissait sa nervosité : délicatement, du bout des dents, je la vis triturer les petites peaux mortes autour de ses ongles joliment polis pour qu'ils brillent sans pour autant y mettre de vernis. Les yeux tournés vers le paysage normand qui continuait de défiler, elle m'expliqua.

— Quand mon père est mort, le nom de code était Hyde Park Corner, ce qui désigne l'extrémité est du jardin autour de Buckingham. Moi, je suis un pont, car apparemment cela représente bien le lien entre mes sujets et la Couronne. Je sers de passage entre les deux, et c'est aussi une façon de dire que sur l'autre rive commencera autre chose. Cette idée me plaît bien, même si j'aurais préféré qu'on choisisse un pont plus… modeste. Je n'aime pas trop l'idée non plus que le jour de ma mort les gens aient en tête le spectacle d'un effondrement. Mais c'est comme ça, ce n'est pas moi qui décide, comme pour tout le reste d'ailleurs. Le métier veut ça, toute ma vie est dictée par des règles que je n'ai pas écrites. Il en est de même pour ma mort.

Sa mort. Elle viendrait un jour, toute la planète était au courant. Mais pas tout de suite. Sous un nuage de géraniums rouges en fleur, un panneau nous souhaitait la bienvenue à Trouville.

Des douzaines de douzaines

Grâce à un improbable créneau dans une rue en cul-de-sac, le chauffeur nous déposa devant l'hôtel Flaubert.

Le choix de villégiature sur place s'était porté sur cet établissement qui possédait la double qualité d'avoir la plupart de ses chambres avec une vue sur la mer, et un bar spécialisé dans les cocktails au rez-de-chaussée. Là encore, Charles avait dû s'occuper de tout, et même peut-être du choix du nom d'emprunt de sa mère, que je pouvais lire écrit à l'envers sur le registre de la dame de l'accueil : Alexandra Albert. J'avais lu et retenu suffisamment de choses sur Elizabeth pour savoir qu'il s'agissait d'un nom formé de son deuxième prénom derrière lequel elle avait ajouté le premier de son père. Avant qu'il ne soit le roi George VI. Avant les emmerdes. Avant qu'il ne se mette à fumer comme un pompier et faire un cancer comme tout le monde. Avant que leur vie à tous les quatre, Albert le père, Elizabeth la mère, Elizabeth la fille et Margaret la petite sœur, ne soit changée par le cours de l'Histoire et la libido entêtée de l'héritier naturel du trône, David, alias Edouard VIII. Et par ses penchants nazis aussi. Mais il est sans doute plus romantique de raconter qu'on a choisi de renoncer à la couronne britannique par affection pour une femme divorcée qu'on veut épouser plutôt qu'à cause d'une admiration pour les idées nauséabondes d'un petit Allemand moustachu très en colère.

L'heure n'était de toute façon pas aux flash-back historiques mais à la récupération du sésame pour accéder à la chambre qui nous était attribuée, la 14. Cette petite clef, que je préférais aux cartes magnétiques sans âme, était tout ce qu'il y a de plus classique si ce n'est que le numéro pour l'identifier était gravé sur un très lourd porte-clefs en plomb. Pas besoin de soupeser l'objet en forme, ironie de la chose, de bouée de balise, pour comprendre qu'il avait été ainsi choisi pour décourager des clients de l'hôtel de se balader avec en dehors des murs de l'établissement et dans un même mouvement, éviter que par inadvertance ils ne repartent avec chez eux, à des centaines de kilomètres de là où l'enfoncent à jamais dans le sable de la plage voisine.

La dame de la réception, connaissant le poids de la chose et observant la fragilité des mains d'Elizabeth, me tendit la clef.

— Madame Albert, je me permets de confier ceci à votre petite-fille car c'est un peu lourd. Je vous souhaite à toutes les deux un excellent séjour dans notre hôtel et n'hésitez pas à presser la touche 9 du téléphone de votre chambre pour nous joindre directement à toute heure.

J'en concluais que j'avais une nouvelle grand-mère pour quelques jours et surtout de nouvelles initiales. J'étais passée de SS à SA. Le petit Allemand moustachu en colère aurait apprécié.

*

Après un voyage par un superbe ascenseur aux portes battantes en bois ancien, peut-être du palissandre, entouré d'une cage en fer forgé aux motifs années 1920, je suivais vers notre chambre la reine qui avançait à petits pas, feutrés par l'épaisse moquette des couloirs. Une seule chambre pour deux, puisque notre envie de voir la mer s'était faite au même moment que le week-end de Pâques, détail qui nous avait échappé, car quand on est reine ou rentière, la vie est un peu un week-end de Pâques permanent. Bref, quand Charles, ou son secrétaire particulier plus vraisemblablement, avait fait la réservation pour nous, il ne restait plus qu'une chambre de libre, avec vue sur mer en tout cas, et c'est pour cette raison qu'Alexandra Albert et sa petite-fille allaient partager les quelque trente et un mètres carrés de la numéro 14 de l'hôtel, qui, chose étrange par rapport à ce qu'on observe d'habitude dans ce genre d'établissement, l'avait située au troisième et non au premier étage. Pour deux nuits, taxe de séjour incluse et petits-déjeuners en chambre plutôt qu'au buffet situé dans la salle près du bar. Il serait trop bête que la reine soit démasquée entre deux toasts qui grillent et une pyramide de tasses, sans sa tête dessus, devant des thermos remplis de différentes boissons chaudes.

*

La vue sur la plage et plus loin l'océan était incroyable. Notre chambre n'était pas immense, bien loin des standards des châteaux qu'Elizabeth avait l'habitude de fréquenter un peu partout à la surface du globe, mais cette vue valait de l'or, surtout avec ces quelques gros nuages tout blancs qui se détachaient du bleu vif du ciel et formaient un étalage de choux-fleurs aux mille reflets.

Le grand lit double qui devait se trouver au centre de la pièce la plupart du temps avait été séparé en son milieu et réaménagé en deux couchages que les hôtels appelaient « jumeaux ». Je n'ai jamais compris quel fut le raisonnement de celui ou celle qui trouva un jour cette expression, ni comment l'idée lui était venue de trouver une comparaison possible entre de la literie et des enfants ayant passé neuf mois en colocation dans le ventre de leur mère.

Toujours est-il que nos deux lits simples bien bordés, les draps blancs, brillant d'avoir été lourdement amidonnés, aucun pli ou trace de froissement à la surface des taies, comme si la femme de chambre avait eu l'instinct que la reine d'Angleterre allait y dormir, étaient une vision assez désopilante. Mais entendre Elizabeth II me demander : « Sophie, vous préférez le lit de droite ou celui de gauche ? », fut la cerise confite et un brin absurde sur le gâteau. Dans un éclat de rire que je ne me connaissais pas et que les voisins de la chambre d'à côté n'auraient eu aucun mal à confondre avec un cri de mouette ou de goéland, je lui répondis : « Écoutez ma chère Elizabeth, je crois que parmi les nombreux avantages qu'offre votre situation se trouve le choix du lit de droite ou du lit de gauche. » La reine, amusée par la situation, attrapa le sac banane qu'elle avait posé sur l'étroite console au plateau de verre et pieds en bois flotté, fit glisser la fermeture éclair dans un bruit zippé rapide, et fouilla à l'intérieur. Quelques instants plus tard, elle en sortait une pièce de petite monnaie, cuivrée, et me lança dans un sourire :

— Pile je prends celui de gauche, face je prends celui de droite, d'accord ?

Bien décidée à faire durer ce moment délicieux le plus longtemps possible, je demandai :

— C'est une pièce anglaise ?

Elle plissa d'abord un peu les yeux pour vérifier, puis elle rapprocha le morceau rond de métal presque au bout de son nez pour s'en assurer.

— Tout à fait ! dit-elle avec enthousiasme pour compenser la petite forme de son cristallin.

— Alors dans ce cas-là, ma chère Elizabeth, c'est plutôt : « Pile celui de gauche et profil celui de droite. »

Les yeux toujours plissés, elle devinait un peu floue, coincée entre deux doigts de sa main, la pièce sur laquelle son portrait se dessinait. De profil donc. Cette fois c'est elle qui éclata d'un rire de mouette.

*

L'envie était de dîner tôt. De nous jeter le plus vite possible, la tête la première, dans cette piscine que notre imagination avait remplie d'huîtres numéro 3 et de vin blanc bien frais. Non par snobisme mais par flemme, j'avais proposé que nous allions manger dans le seul endroit de la ville que je connaissais pour y avoir été emmenée de temps en temps par mes parents les jours où ils se plaisaient à déjeuner de moules, à la crème pour mon père et au curry pour ma mère, frites en supplément, avant de m'offrir sur la plage la fameuse gaufre à la chantilly.

Le restaurant se nommait Les Vapeurs, et était collé à un autre qui s'appelait Les Voiles. Si l'on pensait la concurrence particulièrement farouche dans cette petite ville portuaire de Normandie, il suffisait de passer une tête à l'intérieur de l'un des deux établissements pour se rendre compte qu'il n'en était rien car ils formaient en fait un tout, les serveurs allant et venant de chaque côté sans distinction. C'étaient eux les vrais jumeaux de notre week-end. Des siamois même.

La table qui nous avait été réservée après mon appel passé de la chambre 14 était la toute première à l'entrée, juste à droite. Elle était visiblement l'une des préférées des habitués du lieu, si j'en croyais les mines rallongées de ceux qui attendaient leur tour pour être placés, en nous voyant nous installer autour de ce carré de bois, juste assez grand pour y dresser deux couverts, que le serveur venait d'appeler « l'As », en y déposant deux grands menus en papier laminé. À peine assise autour de la table, je remarquai une gêne chez Elizabeth, une sorte de rougissement étouffé. Plutôt que d'ouvrir le menu pour déterminer combien de douzaines d'huîtres j'allais engloutir pour commencer, je tenais à m'assurer que la reine était parfaitement à l'aise dans ce restaurant.

« Tout va bien, Votre Majesté ? » glissai-je, la bouche cachée par la carte des vins pour qu'un éventuel espion ne décrypte pas mes paroles, mais surtout pour que la reine ne profite pas de mon haleine un peu affamée. Son bob à fleurs toujours sur le crâne, les joues désormais franchement couleur pivoine, elle chuchotait :

— Il a dit : « La table de l'*ass* » ?

Il était temps d'attaquer les huîtres, la reine était *lost in translation*.

*

Dans mon souvenir, le dîner fut très arrosé. Très très même. Une mousson de vin blanc, entre autres. Et nous n'avions pas pris de parapluie.

Pour commencer, dans l'idée d'à la fois célébrer ce repas au bord de l'eau et rendre plus festive l'attente de la première douzaine d'huîtres, nous avons commandé une coupe de champagne chacune, à laquelle une autre paire est venue tenir compagnie une poignée de minutes plus tard, les huîtres prenant leur temps à se laisser ouvrir. La tentation d'une troisième coupe voire de commander une bouteille passa par-dessus bord de justesse avec l'arrivée de la grande assiette creuse en métal, pleine à ras bord de glace pilée, sur laquelle étaient déposées douze huîtres brillantes, presque translucides de fraîcheur, et deux demi-citrons découpés en zigzag approximatif pour faire joli, approximativement aussi. Dans des gestes si précis que le serveur semblait avoir autant de bras qu'un poulpe a de tentacules, furent posés sur notre table une corbeille de pain frais et un petit pot de grès rempli de beurre salé, refermé par un rond en papier gommé et estampillé du nom du restaurant et une carafe d'eau. D'une autre main, il déposa une saucière en inox contenant un mélange de vinaigre de vin rouge et d'échalotes finement émincées, ainsi que, coincés sous sa paume, deux rince-doigts emballés dans des sachets en plastique sur lesquels on retrouvait une reproduction de l'affichiste Savignac. Ses illustrations étaient du reste exposées dans pas mal d'endroits de la ville, et tout le long de la promenade des Planches sur le front de mer, ce qui enchantait Elizabeth, très réceptive à leurs couleurs et à la simplicité du trait naïf. Sur la façade nord de notre hôtel était d'ailleurs peint un gigantesque dessin représentant Gustave Flaubert endormi sur le dos d'un cygne et sous un croissant de lune. Le volatile tenait dans son bec une de ses plumes, sans doute utile à l'écrivain. Ce n'était pas tout à fait ma tasse d'Earl Grey, ça manquait probablement de mélancolie. Mais je me délectais en revanche du spectacle que m'offrait Elizabeth, glissant discrètement dans son sac banane le petit sachet de plastique bleu contenant une lingette citronnée, comme si elle volait un trésor interdit, alors que ce rince-doigts venait pourtant de lui être donné, avec la nonchalance d'un geste mille fois répété. Voyant que j'avais vu, elle me glissa aussi confuse qu'amusée : « Ça me fera un souvenir pour plus tard. »

Aidée par les deux coupes de champagne que je venais de jeter dans un estomac vide en quelques minutes, je me levai de ma chaise pour faire les trois pas qui nous séparaient d'un seau à champagne promotionnel dans lequel étaient stockés, par dizaines, par centaines même, les fameux rince-doigts. J'y plongeai la main entièrement, la transformai en pince efficace, pour l'en ressortir chargée de sachets bleus. Je revins ensuite à notre table dans l'indifférence générale des serveurs autour de nous, qui avaient dû voir des gens faire la même chose que moi tant de fois que la scène n'imprimait plus leurs rétines. Je posai mon butin sur la table, devant Elizabeth, en déclarant : « Voilà de quoi vous faire encore beaucoup plus de souvenirs », avant d'ajouter, le nez replongé dans la carte des vins, « et puis comme ça, vous repenserez à moi dès que vous mangerez des huîtres salement ».

La reine souriait tendrement en rangeant tant bien que mal le monticule de rince-doigts dans son sac banane imperturbablement accroché à sa taille.

*

Alors que la première douzaine d'huîtres était en bonne passe de se transformer en un cimetière de coquilles vides, la bouteille de menetou-salon de 2018 que j'avais commandée était sur le point d'être débouchée. « Je fais goûter à vous ou à votre grand-mère ? » demanda le serveur poulpe. Ma « grand-mère » était trop occupée à se faire une tartine de pain beurré pour caler son estomac et envisager plus sereinement l'ouverture de cette bouteille et les verres qui allaient s'enchaîner rapidement. Je fis signe au céphalopode humain que j'allais me dévouer, et décidai de faire ça aussi bien que si nous avions été à Buckingham.

Après qu'il m'ait servi une courte lampée dans mon verre, j'observai d'abord la couleur du vin, sa transparence, geste parfaitement inutile puisque réalisé dans un récipient que les traces de calcaire des multiples lavages quotidiens avaient rendu opaque à certains endroits. Je rapprochai ensuite mes narines du bord du verre, avant de les plonger carrément contre la paroi translucide, à la recherche d'un arôme, d'un bouquet ou d'une odeur de bouchon. Je ne trouvai rien de cela, mais j'entendis cependant un petit gloussement plein de tartine beurrée du côté de la reine, qui appréciait cette pantomime exagérée. Et venait aussi à mes oreilles le soupir agacé du serveur qui semblait se demander pourquoi je traitais cette bouteille à trente balles comme un grand cru millésimé. Mais le gloussement l'emporta sur l'agacement et je poursuivis.

— Il faut aussi qu'il « pleure » c'est ça, hein ? C'est important il paraît, demandai-je à la reine qui mettait désormais les morceaux de pain dans sa bouche sans beurre pour faire office de silencieux à son rire, de plus en plus fort.

Le soupir agacé du serveur s'était quant à lui transformé en râle de fond de gorge, ostensiblement lassé de mon numéro. Il posa la bouteille dans un « poc » sourd sur la table, laissant tatoué sur la nappe en papier un rond mouillé de condensation, au tracé parfait. « Pendant que vous vérifiez s'il a de la jambe ou de la cuisse ou de l'aile, je vais vous chercher le seau et les glaçons pour le laisser au frais… » Puis il finit sa phrase à un pas et demi de moi, assez loin pour prétendre que j'avais mal entendu et assez près pour que je l'entende en fait parfaitement : « … Y en a qui bossent, bordel. »

Nous aurions pu nous sentir vaguement mal à l'aise avec Elizabeth si nous en avions été encore qu'à notre première gorgée, mais il n'en était rien puisqu'à 20 h 23, soit seulement une grosse vingtaine de minutes après s'être assises à la table de l'As, nous entamions joyeusement un troisième verre d'alcool, le premier de vin blanc, rempli par mes soins et donc jusqu'aux nuages dodus. J'ai le souvenir qu'au retour peu empressé du serveur avec son seau plein de glaçons forcément à moitié fondus, nous commandions déjà la petite sœur de la bouteille et la moitié de l'arbre généalogique de notre douzaine d'huîtres. Ensuite, tout est de plus en plus flou, sauf les paroles d'Elizabeth, qui elles se faisaient de plus en plus précises.

Tandis qu'elle venait de faire gicler un trait de son demi-citron dans son verre de vin au lieu de sur son huître, et que je m'empêchais de toutes mes forces de lui demander si son menetou-salon était bien vivant avant d'être bu (je réussissais cet exploit en reprenant la technique du bout de pain dans la bouche, non sans l'avoir pour ma part préalablement recouvert d'une épaisse couche du beurre salé), elle me demanda : « Au fait, Sophie, pourquoi n'êtes-vous pas mariée ? »

Je m'étranglai avec ma tartine et m'envoyai du beurre salé là où on n'a pas envie d'avoir du beurre salé.

*

Pendant que j'essayais de refaire passer la nourriture dans le bon sens de circulation de mon corps à grand renfort de gorgées de vin blanc, elle ajouta : « Vous allez me trouver un peu trop curieuse, peut-être même *inappropriate* (tiens ! l'anglais revenait avec le vin), mais je vous regardais tout à l'heure avec le serveur, et même s'il n'a pas eu l'air d'apprécier totalement votre dégustation de vin, sa patience semblait plus grande car il vous trouvait plutôt jolie. Comme le monsieur que nous avons croisé en sortant de l'ascenseur de l'hôtel, d'ailleurs. Ou comme James qui nous a conduites ici depuis Paris. »

Je découvris que notre chauffeur avait un prénom au moment où la quinzième gorgée de menetou-salon finissait d'emporter avec elle toute trace d'une tentative d'évasion vers mes bronches du morceau de pain beurré.

— Et ils ont raison, vous êtes très jolie…

Je n'eus pas le temps de rougir que déjà elle précisait : « Même si c'est très étrange ce que vous avez fait à vos cheveux. »

*

Trois semaines avant notre rencontre et quelques jours avant la mort de son mari, Philip, lors d'une soirée chez moi où je m'ennuyais un peu plus que d'habitude, j'avais en effet eu l'ambition de me couper une frange avec des ciseaux de cuisine. Le résultat avait été tout simplement apocalyptique, au point que j'avais envisagé de ne plus jamais sortir de chez moi, ou en tout cas le temps d'une repousse effaçant toute trace de ce massacre capillaire, avant de me rendre compte que je n'avais presque plus de ketchup et qu'il faudrait donc affronter l'extérieur rapidement. Aussi, un bonnet d'hiver en plein printemps enfoncé sur la tête, j'étais allée à grandes enjambées dès le lendemain chez le coiffeur, mais pas l'habituel pour ne pas entendre parler de cet épisode jusqu'à la fin de ma vie par un quasi-inconnu. Le coiffeur suppléant, un peu plus loin sur le boulevard, a brillé de son professionnalisme d'un bout à l'autre de mon passage chez lui, tant par l'abnégation avec laquelle il masquait son fou rire que par son talent à rattraper le mieux possible la situation au-dessus de mon front. J'étais ressortie avec une coiffure passée d'abominable à baroque, l'homme étant visagiste, pas magicien.

Lors de notre échange devant le rayon des nouilles, la reine s'était, très délicatement, retenue de faire une remarque. Le litre de vin absorbé depuis notre arrivée au restaurant Les Vapeurs avait fait exploser en mille morceaux cette politesse capillaire.

Une coquille d'huître vide à la main, elle poursuivit : « Mais comme je l'ai dit une fois à ma fille Anne, qui avait eu l'idée saugrenue de se faire une permanente en 1973 ou 1974 : "Les cheveux c'est comme les ennuis, ça repousse toujours…" » J'étais émue que la Reine ait un adage si proche et pourtant si loin de celui de ma mère. Amusée à l'avance de ce qu'elle allait dire, ses yeux déjà plissés d'amusement la trahissant, elle conclut : « Chose que je n'aurais pas pu dire à William, par exemple. »

Comme du temps du lave-vitres de mon père, je sursautais en éclatant de rire, les doigts citronnés et iodés, essayant de dompter la mèche récalcitrante au-dessus de mes yeux. Je savais pourtant que passé cette démonstration de mes zygomatiques, il me faudrait préparer une réponse à la question de la reine Elizabeth II d'Angleterre sur ma vie sentimentale.

Ou plutôt sur mon absence de vie sentimentale.

*

Comment expliquer à une femme qui vient de passer les soixante et onze dernières années de sa vie mariée, certes à un cousin au troisième degré, mais mariée quand même, qu'à presque quarante ans, je n'avais jamais compris quel intérêt il pouvait y avoir à partager son existence et son quotidien avec une personne, hormis celles que le lien familial impose, même en ayant eu sous les yeux pendant seize années l'exemple d'un couple qui, s'il avait été défini par un bulletin météo, aurait été : « Temps calme, belles éclaircies malgré un risque de passage nuageux en fin de journée à cause des basses pressions. » J'entends par là que l'argent rend heureux et fait la vie simple dans un couple, sauf à de rares exceptions, présentes pour confirmer la règle et foutrent plutôt une sale ambiance. Comme cette fois où mon père avait voulu acheter une nouvelle voiture pour remplacer la Twingo qu'il ne trouvait pas assez bien équipée du point de vue de la sécurité, les airbags y étant par exemple totalement inexistants. Je me souviens de cette discussion qui avait eu lieu à la fin d'un déjeuner du dimanche plein de rosbeef un peu trop cuit et de carottes parfaitement râpées et surtout que ma mère avait hurlé une phrase qui m'avait laissée perplexe : « On ne va pas avoir la même bagnole que Chirac, bordel ! » Elle avait conclu le débat en décrétant que la Twingo faisait parfaitement l'affaire, qu'il suffisait d'être prudent, et que si mon père voulait dépenser de l'argent plus intelligemment il n'avait qu'à prendre des billets d'avion pour qu'on aille tous les trois passer un mois de vacances au Japon. C'était un coup sacrément bas puisque mon père avait peur en avion.

En ce début d'été 1997, j'avais conclu que ma mère n'avait pas voté pour Jacques Chirac.

Et en ce début de printemps 2021, je pensais à elle et me disais que pour une femme à qui il n'arrivait que très rarement d'avoir tort, c'était dommage d'être tombée sur cette fois-là car effectivement des airbags leur auraient sans doute sauvé la vie. Au cours de cette improbable et délicieuse soirée arrosée avec la reine d'Angleterre, dans une petite ville portuaire de Normandie, je pensais aussi à ces trois billets d'avion pour le Japon, pris le lendemain de la dispute sur la Twingo. Près de vingt-quatre ans plus tard, jaunis, ils étaient toujours aimantés sur la porte de mon frigo, mes parents étant morts six jours avant la date de départ.

*

Elizabeth me connaissait depuis peu mais avait déjà compris que mes silences n'étaient en fait que des prises d'élan. Elle gratouillait la nacre de la coquille de son énième huître pour en récupérer de minuscules particules au bout de sa petite fourchette à trois dents. Il n'y restait même plus de zooplancton quand je me décidai à ouvrir la bouche.

— Peut-être que le jour de la disparition de mes parents, je me suis laissé convaincre par l'idée que le couple, et les choix faits à deux, menaient vers la mort. La mort brutale même, de toute évidence. Je me rends compte que c'était faire un raccourci simpliste, mais, que voulez-vous, à l'époque l'argument avait été plutôt décisif.

La reine nous resservait, non sans avoir adopté ma technique du « pas plus haut que le bord ».

— Peut-être que si ma mère n'avait pas réussi à convaincre mon père de garder la Twingo, ils seraient tout aussi morts mais dans la voiture d'un président bouffeur de pommes et que rien n'aurait été écrit différemment dans leur histoire. Peut-être que depuis toutes ces années ce « peut-être » m'a été insupportable et que dans le doute, rien dans ma construction au monde et surtout aux gens autour de moi ne m'a donné envie d'expérimenter la vie à deux.

Voilà ce que j'expliquai à la reine qui tout ce temps durant n'en oubliait pas d'engloutir autant de mollusques que d'alcool, ne laissant jamais à l'un ou à l'autre le temps de tiédir. Maintenant que j'avais répondu à la question, je m'offrais comme récompense l'avant-dernière huître du plateau, qui avait sans douter rêvé qu'on l'épargne, qu'on la laisse tranquille sur son matelas de glace pilée, mais la vie est cruelle, même pour le coquillage en bord de mer. Surtout pour les coquillages en bord de mer. Puis je terminais d'un implacable : « Et puis j'ai quand même l'impression, et vos enfants et petits-enfants me l'ont amplement confirmé au fil des années, que la vie à deux c'est surtout un bon paquet d'emmerdements » et j'utilisai le *slurrrp* de mon huître dévorée en guise de point final.

Ses sourcils firent un mouvement vers le haut et sa bouche une moue vers l'avant, venant approuver ce dernier point. Elizabeth savait qu'en effet, le couple c'était des emmerdes à gérer, pour les autres mais surtout pour elle. De son héritier, Charles, qui se rêvait dans les années quatre-vingt-dix en tampon hygiénique de sa maîtresse de l'époque, Camilla, désormais future reine consort, jusqu'à son petit-fils Harry qui, quelques semaines avant notre rencontre et surtout la mort de son grand-père, allait chouiner à la télévision américaine qu'on n'arrêtait pas de l'embêter depuis qu'il avait épousé une divorcée, rompant ainsi avec la devise personnelle de la reine « *never complain, never explain* ». Devise pourtant ancrée dans la famille royale comme une toque en ours l'est sur le crâne d'un horse-guard.

Mais je vis dans ses yeux l'étincelle d'une réponse, la certitude qu'elle allait me clouer le bec. Elle nous resservit du vin avant de plonger la bouteille, goulot en premier dans le seau à glace, pour signifier au serveur qu'il y avait marée basse. On ne faisait probablement pas comme ça à Buckingham. J'en conclus qu'Elizabeth était une autodidacte de la conduite à tenir dans les bistrots, en tout cas au moment de commander la troisième bouteille, sans plus prendre désormais la peine de les accompagner d'huîtres ou de pain beurré par bonne conscience.

Ses yeux, couleur de temps clair, dans les miens, elle déclara, sans aucune négociation possible : « *Bullshit.* »

Le vin blanc était de retour dans mes voies respiratoires.

*

Au son du crissement couiné du bouchon de liège dans lequel s'enfonçait la spirale métallique du limonadier, la reine, le verre vide tendu vers le serveur pour ne pas perdre un instant, poursuivait son implacable constat. « Pardonnez mon langage, Sophie, mais je crois que ce sont en effet des raisons qui n'en sont pas. Ce sont des excuses à la rigueur. Et vous avez parfaitement le droit de vous cacher derrière elles pour ne pas vouloir d'une vie à deux, mais ne pensez pas que ce n'est pas dans votre ADN. »

Elle agrippa de sa seconde main le verre rempli à ras bord et dans un geste chaloupé, trinqua avec le mien, comme si elle avait eu besoin du bruit de leur tintement pour poursuivre sa phrase comme une sorte de jingle. Ou ces cloches qui tintaient dans les 45 tours de mon enfance, lorsqu'il fallait tourner la page de l'histoire et ainsi voir si Mowgli allait affronter un tigre, un éléphant ou je ne sais plus quelle bestiole.

Sauf que nos verres étaient si pleins que le « ding » fut plutôt un « poc » un peu sourd, loin du son cristallin des vaisselles royales. Mais elle avait, tel un chef d'orchestre, maîtrisé la pause, le silence, le fameux soupir dont sont truffés les grands morceaux d'opéras ou les meilleurs concertos, et qui permettent d'apprécier ce qui vient après. « Et je dirais même une chose, je vous observe depuis hier, et je crois que vous aviez hâte que quelqu'un entre dans votre vie, n'importe qui… même la reine d'Angleterre ! » Et elle termina sa phrase en buvant son verre cul sec.

Elle avait peut-être raison. Non, elle avait raison tout court. Moi qui pensais ne jamais pouvoir me glisser dans le quotidien d'une autre personne, ne pas supporter qu'un tempo l'emporte sur le mien, voilà que depuis plus de vingt-quatre heures je m'adaptais, comme une plante grimpante, comme ces vignes vierges que l'on voit recouvrir peu à peu les maisons jusque dans les moindres recoins et géométries des volets. Je m'épanouissais dans ce nouveau rythme, dans le fait d'avoir des comptes à rendre à quelqu'un d'autre que moi-même. Mieux, j'aimais prendre soin d'Elizabeth, m'assurer que tout lui était aimable et que la vie à mes côtés lui était aussi douce que facile. C'était un sentiment que je n'avais jamais connu auparavant. En tout cas pas à l'âge adulte. Il avait fallu une journée. Une seule petite journée sur près de quarante ans de vie avait suffi à me révéler à moi-même cette envie. Une journée pendant laquelle j'aurais lutté pour ne pas voir en face cette vérité. Une seule petite journée, et un seul « *bullshit* » prononcé par Elizabeth Alexandra Mary Windsor épouse Mountbatten pour voir que j'avais tort.

Plongée dans la carte des desserts, elle précisa : « Attention Sophie, quand je dis ça, je ne pense pas forcément au couple, hein, je n'essaye pas de jouer les agences matrimoniales, d'ailleurs je n'ai jamais été douée pour ça et puis tous mes petits-enfants sont casés. C'est quoi une pêche Melba ? » Le vin blanc commençait à faire quelques ravages dans mon système limbique et je répondis : « Non mais, Votre Majesté, je ne suis pas sûre d'avoir envie de vivre en concubinage avec une poire belle Hélène, mais je rate peut-être quelque chose, allez savoir. » Avant d'avoir le seul élan de bon sens de la soirée et de proposer : « Que diriez-vous d'aller faire une petite promenade digestive en bord de mer ? »

« *Well good...* » répondit-elle avec un curieux accent allemand et en tendant la main pour attirer l'attention de cet homme qui ne devait plus en pouvoir de nous. « Mais à deux conditions... » Le serveur arriva effectivement avec l'addition déjà préparée et la machine à carte coincée entre le coude et le corps, trop heureux de se débarrasser enfin des clientes de la table de l'As. « D'abord, je vous invite et c'est non négociable », puis vidant à nouveau son verre dans un geste aussi maîtrisé que s'il était fait par sa sœur Margaret, elle continua : « Et *secundo*, on prend une dernière bouteille, mais à emporter cette fois. » Elle accompagna cette seconde condition d'un larcin en pleine lumière, et s'empara de nos deux verres vides qu'elle coinça comme elle le pouvait dans son sac banane sous les yeux définitivement accablés de cet homme qui espérait presque à voix haute ne plus jamais avoir à nous servir. Je repensai, amusée, avec quelle précaution, voire prudence, elle avait glissé tout à l'heure le sachet plastifié de lingettes rince-doigts pour finir, deux heures et quatre bouteilles plus tard, par embarquer la moitié de la vaisselle dans ses poches. Je l'aimais encore un peu plus à cet instant précis.

« OK pour m'inviter, Votre Majesté, OK pour la bouteille, Votre Majesté, mais en échange je vais vous montrer un endroit où je rêvais d'aller quand j'étais petite mais où mes parents ont toujours refusé de m'emme… » Et avant d'avoir eu le temps de finir, elle me coupa : « Ça vous embête de m'appeler plutôt Lilibet ? Plus personne ne m'appelle comme ça depuis que Philip est mort, et j'avoue que ça me manque déjà beaucoup. »

En repoussant la table pour nous permettre de nous relever presque dignement et en lui tendant la main pour l'aider, je lui glissai : « Entendu Lilibet, et maintenant je vous emmène au club Mickey, juste en face de la boutique de gaufres. »

C'est le dernier souvenir que j'ai de cette soirée.

La tasse d'Alice

Il n'est pas fréquent dans la vie de se faire réveiller par un écureuil géant. Alors j'imagine qu'il est encore plus rare d'ouvrir les yeux le matin et de tomber sur une paire d'écureuils géants. Ou deux hamsters géants, j'avoue ne pas trop savoir quelles bestioles sont Tic et Tac. Toujours est-il que deux rongeurs surexcités étaient en train de sautiller, un gros réveil en plastique dans les pattes, au pied du lit dans lequel Elizabeth et moi nous étions endormies. De toute évidence, nous n'étions plus à Trouville. De toute évidence il était l'heure de se lever. De toute évidence nous avions trop bu la veille.

La reine dormait toujours profondément, absolument pas dérangée par la présence dans notre chambre de deux intermittents du spectacle coincés dans des costumes de mulot. Il faut dire que quand on a la parade des horse-guards tous les matins sous ses fenêtres, ça force à avoir le sommeil plus lourd que la main de la reine mère quand elle reprenait un petit verre de brandy avant d'aller dîner. Ou dormir. Ou se promener. Ou se laver les cheveux.

Son sommeil était d'autant plus profond qu'un masque en tissu satiné lui protégeait les yeux de la lumière du jour déjà entamé. D'ailleurs, ces quelques grammes molletonnés au-dessus de son nez me donnaient une information précieuse sur le lieu dans lequel nous nous trouvions, si j'en croyais l'inscription brodée au niveau des yeux : nous n'étions effectivement plus en Normandie, mais à Disneyland. Ça expliquait les écureuils au bout du lit.

*

Les rongeurs avaient eu le bon goût de venir accompagnés d'un chariot plein de notre petit-déjeuner. Un récépissé sur l'un des couvercles en inox brillant pour garder la chaleur du plat m'indiquait que c'était d'ailleurs nous qui l'avions commandé un peu plus tôt. Après avoir escorté Tic et Tac vers la porte pour retrouver un semblant de calme – non sans avoir été contrainte de leur dire « au revoir » de la main face au spectacle désolant de ces deux grosses peluches agitant leurs quatre gros gants blancs –, j'allai vers le chariot et fis couler dans une tasse représentant l'éléphant

Dumbo, sa trompe étant l'anse, une quantité généreuse de thé pour aller réveiller la reine comme il se devait, et comme elle devait en avoir l'habitude depuis plus de quatre-vingt-dix ans. Le pachyderme en moins.

M'asseyant sur le bord du lit près de la fenêtre, le même que celui que le hasard lui avait désigné à Trouville, je posai la tasse sur une étroite tablette en bois laqué blanc, fixée au mur. La reine ronflait comme un nouveau-né après une tétée, la bouche en forme de huit allongé, petite moue de quand la mâchoire et son ou sa propriétaire sont vraiment détendus.

J'avais eu à réveiller très peu de gens dans ma vie, à l'exception de mes parents les matins de Noël où je n'en pouvais plus d'attendre qu'ils débarquent dans le salon, caméscope dans une main et les cheveux en pétard tout juste décollés de l'oreiller, ou lorsque je réveillais ma grand-mère pour m'assurer qu'elle était toujours vivante. Cette fois il ne faisait aucun doute qu'Elizabeth n'avait pas trépassé et ce petit ronronnement qui s'échappait de ses royales narines était une délicieuse musique qu'il me peinait d'interrompre. Mais il le fallait bien car je n'avais aucune idée de pourquoi nous étions au pays de Mickey et j'étais à peu près sûre que la reine allait éclairer ma lanterne. Du moins, je l'espérais. Je posai ma main sur l'épaisse couette immaculée au niveau de son épaule droite. Tout doucement, j'effectuai une légère pression et un petit mouvement balançant, tout en murmurant : « Liiii… Liiii… Beeeet….Li… Li… Bet… Lililililililililibet, c'est le matin-tin-tin-tin… » J'étais sur le point de siffler tel un rossignol, exactement comme le faisait mon père pour me sortir du sommeil, sans même avoir besoin de rentrer dans ma chambre tant la mélodie était tonitruante, quand la reine souleva le masque satiné pour découvrir la paupière la plus près de son épaule et de ma main. Elle semblait avoir besoin de quelques secondes supplémentaires pour comprendre où et avec qui elle était. Elle faisait tourner son œil de haut en bas et de droite à gauche pour tenter de collecter des indices. J'étais bien contente de m'être débarrassée des écureuils.

« Votre Majesté, je vous propose de vous servir une bonne tasse de thé pour commencer et ensuite d'essayer de comprendre ensemble ce que nous faisons là. » Alors que j'attrapais la tasse, je rajoutai : « Là, pour votre information, c'est chez Mickey. Pas le club devant la boutique de gaufres, hein. Le vrai truc avec le château de *La Belle au bois dormant* en banlieue est. »

*

Elizabeth s'était relevé un peu le haut du corps, le dos bien collé le long du mur, avec en guise de dossier pour lui soutenir la colonne, deux oreillers monogrammés de ces trois cercles qui formaient une tête de souris. Elle-même portait un magnifique T-shirt à manches longues sur lequel était floquée une grosse tache orange et blanc, qui, à mieux y regarder, était en fait le poisson Nemo. Les souvenirs de la veille semblaient se remettre en place doucement comme un Rubik's cube au ralenti. Tandis qu'elle sirotait sa première gorgée de thé dans un *slurp* que je ne lui connaissais pas encore, elle énonça :

— Je me souviens qu'il y avait des huîtres.

Un autre *slurp*.

— Je me souviens d'avoir rappelé James, pour qu'il nous conduise quelque part.

Un autre *slurp* plus bruyant celui-là.

— Et je me souviens qu'il y avait des trampolines.

Trampolines. Le mot me transporta instantanément quelques heures en arrière. Je savais exactement comment nous avions atterri dans cet endroit que les publicitaires appellent, à tort, le plus joyeux au monde. Et étrangement, pour une fois, ce n'était pas de ma faute.

*

Elizabeth avait déjà fini sa tasse et alors que je me levais pour aller la resservir, je lui demandai, par politesse, tant étaient désormais gravés dans ma mémoire tous les détails de cette soirée : « Vous

vous souvenez de comment nous sommes arrivées là ? » Alors que je me battais avec le petit carré de papier cartonné au bout du sachet qui venait de tomber au fond de la théière aux motifs Donald et Daisy, j'eus à nouveau la chance d'entendre son merveilleux rire, étouffé. « Vous allez rire Sophie, mais je crois bien que c'était mon idée. »

Et en effet, la veille, la bouteille de vin blanc du restaurant coincée en équilibre entre son sac banane et sa hanche, Elizabeth, devant les grilles fermées du club Mickey, le regard perdu vers la demi-douzaine de trampolines, m'avait demandé : « Vous savez où j'ai toujours rêvé d'aller moi ? »

Quelques heures plus tard, assise en tailleur sur le bord de son lit, la bouche pleine d'un croissant bien moins bon que celui de la boulangerie du bout de la rue, je répondais à cette question dont je me souvenais maintenant parfaitement de la réponse, en faisant tinter le bout de mon ongle sur le rebord du mug Riri, Fifi et Loulou que je tenais dans la main : « Je me souviens parfaitement Lilibet, vous rêviez d'aller dans une tasse. »

Et plus précisément la tasse d'*Alice au pays des merveilles*.

*

Après avoir terminé l'intégralité de ce que nos plateaux de petits-déjeuners contenaient, pas tant par gourmandise car la nourriture n'était pas incroyable chez Mickey, mais davantage pour colmater nos estomacs et éviter que les huîtres de la veille ne viennent nous rendre visite, nous nous préparions pour sortir faire un tour dans le parc que l'on pouvait d'ores et déjà apercevoir des fenêtres de notre chambre. Un détour par la boutique de l'hôtel nous permit de compléter nos tenues de superbes lunettes de soleil et serre-tête, en forme d'oreilles de Mickey, ou plutôt de Minnie si j'en croyais les gros nœuds rouges à pois blancs collés dessus.

Direction l'entrée de Disneyland, relativement calme à cette heure un peu tardive par rapport aux arrivées surexcitées du matin. L'ivresse de la veille a parfois du bon. Une fois les portiques passés, Elizabeth s'amusait d'être si entourée et si peu reconnaissable dans cette marée de gens où les trois quarts portaient un couvre-chef identique aux nôtres. « Vous qui vouliez disparaître, ma chère Lilibet, c'est l'endroit et la tenue idéals. »

En effet, aucun regard n'était tourné vers elle, personne pour la reconnaître et plonger dans ses yeux bleus froids, et toute l'attention était portée çà et là aux collègues costumés de nos écureuils réveille-matin. Un coup c'est Dingo qui créait un mouvement de foule, un autre c'est Mickey et Minnie en personne qui manquaient de déclencher une véritable émeute, nous forçant à prendre la tangente et la première allée sur la gauche. Bonne nouvelle, selon le plan en papier que j'avais attrapé à l'entrée, nous étions sur la bonne route.

*

Le manège était une sorte de très grand plateau rond, d'environ vingt mètres de diamètre, aux couleurs vives au-dessus duquel se trouvait une haute structure de chapiteau à la toile mauve tendue. Aux poutres métalliques turquoise qui solidifiaient l'ensemble, étaient suspendus un peu partout de faux lampions en faux papier, de toutes tailles, formes et teintes. Au sol, c'étaient une vingtaine de tasses géantes, chacune peinte d'une manière différente et dans lesquelles on s'engouffrait par groupe de deux, trois ou quatre personnes. Dans ces nacelles qui pouvaient tourner sur elles-mêmes, dans un sens ou un autre, grâce à une sorte de volant intérieur, montaient parfois aussi des âmes solitaires, ou des gens ayant soudainement besoin de calme. Pour le calme cela dit, ça pouvait sembler un peu compliqué à trouver sur place tant la musique diffusée dans les haut-parleurs était à un volume important, mixée en plus de ça dans une espèce de boucle d'une petite minute, tournant à l'infini sur elle-même et donnant assez vite l'impression que l'on glissait vers la folie. Mais c'était ce manège qu'Elizabeth voulait faire, c'est celui-ci auquel elle avait pensé la veille au soir sur les planches de Trouville devant les grilles du club Mickey, et c'est dans ces tasses d'*Alice au pays des merveilles* qu'elle avait envie de tournoyer. Alors c'est exactement ce que nous allions faire, dans quarante-cinq minutes d'après ce qu'affichait le panneau au début de la queue. De toute façon, pour elle, j'aurais attendu quarante-cinq jours s'il l'avait fallu.

*

Mais tout compte fait trois quarts d'heure c'était déjà bien assez, car effectivement, au bout du tiers seulement, l'ambiance sonore commençait à me faire perdre la raison. Je me concentrais sur Lilibet, sur son air un peu plus enchanté à chaque mètre gagné sur le temps d'attente, aux rides près de sa bouche qui semblaient suivre le tempo de cette effroyable musique, comme si, avec enthousiasme elle chantonnait intérieurement. Chaque fois que le manège s'arrêtait et qu'un nouveau flot de personnes venait prendre place dans les tasses, j'entendais s'échapper de ses cordes vocales un petit couinement impatient. Une question me brûlait les lèvres, sans doute depuis la veille au soir, et comme il nous restait au moins encore une bonne demi-heure à évoluer dans ce parcours encadré par des barrières aux volutes en fer forgé vert sapin, je décidai que la poser serait une façon comme une autre de passer le temps. Je me lançai :

— Ma chère Lilibet, je me demandais, au-delà du fait que Lewis Carroll et les boissons chaudes fassent un peu partie de votre code génétique tant c'est anglais, d'où vous est venue l'idée ou plutôt l'envie de venir ici ?

Les lunettes de soleil Minnie toujours vissées sur le bout du nez et le regard perdu vers la ronde de vaisselle géante, elle me répondit : « J'ai hésité avec Space Mountain, mais avouez que ça serait quand même ballot que la reine d'Angleterre meure dans un looping. » Elle avança de quelques pas. Moi, j'avais les pieds comme cloués au sol par sa réponse, son humour et cette perspective de trépas. Elle poursuivit : « J'ai toujours rêvé de faire ce manège et je n'ai jamais pu. Chaque fois quelqu'un du service d'ordre y trouvait à redire. Je me souviens même d'un jour où mon Philip a manqué d'en venir aux mains. Nous avions pu visiter ce parc au tout début de sa création grâce au couple Chirac, seuls, sans photographes, et je me réjouissais de faire un tour dans ces tasses avec mon mari et de pouvoir raconter à mes petits-enfants ce que leur *granny* avait fait. Surtout William et Harry, que ça aurait particulièrement amusés. Mais l'employé en charge du bon fonctionnement du manège n'a jamais rien voulu savoir et a refusé de remettre l'attraction en route juste pour nous.

Quand Philip lui a fait remarquer qu'on ne disait pas non à la reine d'Angleterre, le type avait répondu : « Ici on est en France, et en France, les rois, on les coupe en deux ! »

Nous avançâmes encore de trois pas.

— C'était un sanguin mon Philip, et, ce jour-là, j'ai vu dans ses yeux l'envie de transformer ce type en pudding. Mais finalement Bernadette est intervenue pour calmer la situation et nous a emmenés faire un tour dans le labyrinthe juste à côté.

Elle pointait du bout du doigt une épaisse haie taillée en forme de cœur, de pique, de trèfle et de carreau. Nous avancions encore. Un nouveau panneau indiquait qu'à partir de ce point-là, l'attente serait de vingt minutes.

Vingt minutes et encore tant de choses à découvrir sur Elizabeth.

*

L'abrutissante musique qui nous entourait n'avait pas complètement réduit à néant mes capacités cognitives, et je me rendis compte assez rapidement que la reine avait esquivé ma question en y répondant à côté. Je lui avais demandé d'où venait ce tropisme pour ce manège en particulier, pas si elle avait déjà eu l'occasion d'y faire un tour auparavant. Il nous restait un tiers d'heure avant que ça ne soit notre tour de résister aux effets de la force centrifuge sur les huîtres, le menetou-salon et sur l'envie de vomir déjà tonitruante. Un tiers d'heure où j'avais encore la reine d'Angleterre rien qu'à moi.

Car oui, depuis notre rencontre devant les paquets de coquillettes, je m'attendais à tout moment à voir débarquer de nulle part dans le ciel un hélicoptère, balayant du souffle de ses pales tout ce qui se trouvait autour de nous. Il lancerait une échelle en corde à Elizabeth, qui l'empoignerait tel un Jean-Paul Belmondo en bas de contention, pour s'envoler vers d'autres horizons.

Et m'abandonner.

Encore.

Mais l'hélicoptère n'arrivait pas et je profitais encore et encore de tous ces moments avec elle, sans oser l'interroger sur le temps qu'il nous restait à vivre ainsi, toutes les deux, seules au monde, et même mieux : au milieu du monde. Nous avancions encore.

*

Je ne me dégonflai pas quant à ma question sur les tasses et interrogeai Elizabeth à nouveau : « Je suis heureuse d'avoir la primeur de faire ce manège avec vous, mais je me demandais pourquoi celui-ci particulièrement ? C'est la tasse de thé géante ?

L'impression par conséquent de faire quelques centimètres de haut ? » De la même main que pour le labyrinthe, elle faisait cette fois un petit mouvement de gauche à droite pour m'indiquer que non avant de tendre l'index et pointer au-dessus de nos têtes le décor peint du manège et en particulier une jeune fille blonde en robe bleue et tablier blanc. « C'est pour Alice ! » s'exclama-t-elle les yeux brillants en trépignant. Voilà que soudain, sans crier gare, notre duo explosait pour y laisser entrer une jeune Anglaise rêveuse et dessinée.

Alors que je fixais toujours la reine, fixant elle toujours Alice, je fus sortie de ce charmant mouvement de flottement par une voix nasillarde derrière moi : « On avance, merci. » Effectivement l'écart entre nous et les gens qui nous précédaient s'était creusé de près de deux mètres, ce qui dans un environnement entièrement fondé sur l'attente, et donc l'impatience, était forcément une distance intolérable. Pour autant, il y avait des façons de faire remarquer les choses plus aimablement et je ne manquai pas de tourner le menton en direction du malotru, tout en jetant un regard noir. Regard noir qui, derrière mes lunettes sur lesquelles se promenait Minnie en bikini à pois, n'eut pas vraiment l'effet escompté, puisqu'il n'eut pas d'effet du tout. Au contraire, notre voisin d'impatience en rajouta une couche en précisant : « Et ça se prend pour la reine d'Angleterre en plus… »

*

Un nouveau panneau nous indiquait qu'il restait quinze minutes d'attente. Elizabeth poursuivait une conversation qui semblait avoir commencé dans sa tête tant j'avais l'impression de la prendre en route. « Comme vous le savez Sophie, avec Alice c'est une longue histoire que nous avons. »

J'étais définitivement jalouse d'un personnage de fiction, mais je décidai de le dissimuler sous une curiosité exagérée. « Ah oui ? Mais depuis quand ? La version originale ? Les illustrations venues ensuite ? La version de Walt Disney ? Vous avez vu celle de Tim Burton ? À votre avis, le texte ne perd pas un peu de son charme une fois traduit ? » Elizabeth, pour me faire taire si ça se trouve, mais si ça se trouve, peut-être pas, fit alors quelque chose qu'elle n'avait pas encore essayé avec moi, et que d'ailleurs très peu de gens, aucun encore vivant, avaient essayé avec moi ces vingt dernières années : elle me prit par la main. Les gens avançaient de nouveau devant nous, et nous faisions ainsi quelques pas, reliées. Elle avait trouvé, sans doute sans la chercher, la meilleure façon de me faire taire et de poursuivre son histoire. Dieu que sa main était minuscule dans la mienne pourtant pas bien grande !

*

— Voyez-vous Sophie, enfants, ma sœur Margaret et moi adorions nous plonger dans ce récit dont les gravures nous fascinaient au fil des pages. Au point que dans chacune de nos résidences, nos parents avaient demandé qu'on y trouve un exemplaire de la même collection. Margaret était fascinée par le sourire du chat du Cheshire et moi par la chenille fumeuse d'opium. Une histoire, en revanche, nous terrifiait au point de sauter les pages à chaque lecture, c'était celle du bébé qui pleure si fort et si longtemps qu'il se transforme en petit cochon. Cette partie nous avait tellement perturbées que nous devions être les deux seules petites filles du Royaume-Uni à ne jamais réclamer un petit frère à Noël. De toute façon, nous étions au complet tous les quatre. Comme les Beatles, tiens !

Un nouveau panneau annonçait dix minutes. J'aurais voulu ajouter une poignée pleine de zéros derrière ce nombre. Et en apprendre encore et encore.

— Quand nous avons appris bien plus tard que Walt Disney l'avait adapté, nous avons organisé avec Margot une projection à Sandringham au moment des fêtes de fin d'année. Charles avait à peine trois ans, Anne commençait à marcher je me souviens et on devait éloigner tous les verres en bord de table car elle les brisait deux par deux pour s'amuser, trop heureuse de pouvoir enfin les atteindre.

Je calculais mentalement que cela signifiait que la séance de ciné-club avait eu lieu au moment du réveillon de 1951, l'aîné d'Elizabeth étant né en 1948 et son unique fille à l'été 1950. C'est à ce moment-là que mon cerveau fut sans doute déconcentré par un reste d'alcool dans le sang ou la digestion d'une centième huître, et qu'il en laissa sur le côté le concept de tact. Je lui coupai la parole en précisant : « Ah bah juste avant que vous deveniez reine alors ! » Sa minuscule main se mit à serrer la mienne comme on s'agrippe à une falaise. Une seconde. Une toute petite seconde, j'avais oublié que devenir reine voulait surtout dire pour Elizabeth devenir orpheline. Une seconde où j'avais oublié que l'aspect le plus cruel de son drôle de métier, en dehors de cette multitude d'inaugurations de foires à la saucisse, même quand on n'a pas faim, c'était qu'il ne pouvait être exercé qu'à la mort de l'un de ses parents.

Soudain ces dix minutes avant de prendre place à bord d'un morceau de vaisselle géante me parurent bien longues.

*

Mais c'était sans compter sur cette créature un peu fantastique qu'est le flegme britannique qui peut déployer ses ailes en toutes circonstances pour prendre un peu de hauteur et Elizabeth continua, imperturbable. Après tout, elle avait vécu le Blitz, elle pouvait supporter ma conversation et ses maladresses encore *un peu*. « Nous avons donc fait porter une copie du film, Philip s'est mis à réarranger tous les canapés du salon sous le regard étonné de Papa, pour bricoler une sorte de salle de cinéma à domicile. Les petits ont même eu droit à du pop-corn qui leur collait aux doigts et aux joues, et de notre côté le majordome nous a préparé des Pimm's au jus de pomme chaud. »

Je n'avais aucune idée de quel goût ça pouvait avoir, le Pimm's pour moi était un gâteau immonde à l'orange, j'imaginais que le cocktail aussi, mais j'étais surtout transportée par le récit de la reine. J'en oubliais la musique, les huîtres à ne pas vomir, et presque tout autour, sauf bien sûr d'avancer pour ne pas à nouveau me faire hurler dessus par le pignouf de derrière, et, être tentée, à mon tour, de transformer quelqu'un en pudding.

— Ma mère est allée chercher presque toutes les couvertures du château et nous nous sommes installés là, comme une famille de loirs qui se préparent à dormir tout l'hiver. Margaret a lancé le projecteur, je me souviens encore du vacarme de cette machine infernale quand elle démarrait, et puis nous avons passé un peu plus d'une heure sans dire un mot à siroter nos verres et à entendre les enfants plonger rapidement dans le… dans le… dans…

Quelque chose n'allait pas. La main de la reine dans la mienne était désormais moite et sans tonus. J'ôtai mes lunettes et constatai que son teint de porcelaine rosie ressemblait au marbre le plus blanc. J'agrippai son bras pour la soutenir davantage à la manière d'une béquille. Je la sentais frissonner, son corps mou comme du coton. Je sentais monter la panique, et l'effroi aussi à l'idée de la perdre là. De la voir, sous mes yeux, rejoindre ses fantômes heureux.

— Lilibet, comment vous sentez-vous ? Voulez-vous qu'on aille s'asseoir ? Ailleurs que dans une tasse je veux dire.

Et dans ses yeux, encore si clairs une minute plus tôt, la palette des expressions dont j'étais la témoin s'étoffait à nouveau : elle était inquiète.

— Je ne me sens pas très bien, en effet, Sophie, et je crains que nous ne soyons obligées de partir bientôt.

Même au bord de la syncope ou d'un possible trépas, les Anglais restent des personnes imperturbablement bien élevées.

Elle fit glisser avec mon aide la fermeture éclair de son sac banane et attrapa dans la poche principale le petit téléphone à touches. De ses doigts tremblants et qui paraissaient fragiles comme le verre, je la vis taper sur les touches et les lettres formant le mot « pamplemousse » et appuyer sur « envoyer ». La base de ses ongles s'était bleuie.

Moins de trois minutes plus tard, nous étions de retour dans la Range Rover noire.

Le dernier cadeau

Le soleil commence à monter dans le ciel écossais. Les ombres portées des arbres dessinent sur le sol de ma chambre des zébrures. La végétation qui, quelques minutes plus tôt, avait encore des teintes rafraîchies par la nuit, se réchauffe à vue d'œil. Le spectacle d'un beau soleil en terre écossaise est presque aussi déroutant que celui de voir Elizabeth II d'Angleterre avec un serre-tête à oreilles de souris et j'ai été assez chanceuse dans ma vie pour assister aux deux.

Voilà près de deux ans que j'ai quitté la France pour le Royaume-Uni et je crois que c'est la première fois que j'ai le droit à une météo aussi clémente. Peut-être que le soleil sait qu'aujourd'hui, j'ai décidé d'enfin lire la lettre que la reine m'a écrite quelques jours avant sa mort. Peut-être que c'est Lilibet elle-même qui m'envoie le signe qu'il faut me lancer, que ça fait presque six mois qu'elle n'est plus là que y a pas le feu au lac, mais que bon… Quoi qu'il en soit, même derrière l'épaisseur du carreau, le soleil réchauffe la peau de mon visage et cela fait du bien.

Je descends à la cuisine préparer un semblant de petit-déjeuner. J'ai arrêté depuis longtemps le gin au réveil, car Elizabeth n'aimait pas ça et me disait que ça lui rappelait trop sa sœur. Après son malaise à Disneyland j'avais appris deux choses sur elle : tout d'abord, trop ressasser les souvenirs d'un temps qui n'est plus était mauvais pour sa santé, surtout pour son cœur qui avait tendance à s'emballer puis à beaucoup trop ralentir. Ensuite que le nom de code qu'elle avait trouvé pour signaler qu'elle était en difficulté pendant toute son escapade était donc le nom d'un agrume. Que je me pressais désormais chaque matin depuis qu'elle n'était plus là. Pour changer des oranges. Et penser à elle dès le réveil.

*

Dans la voiture qui nous ramenait vers Paris, puis vers l'Angleterre, elle m'avait expliqué que ce mot, pamplemousse, l'avait toujours beaucoup amusée quand, toute jeune fille, elle avait appris le français avec sa gouvernante. Pour dédramatiser, elle l'avait choisi au moment de convenir avec Charles des différentes modalités de sa disparition hors du royaume, en particulier celles concernant sa santé. Le prince de Galles n'avait rien eu contre l'idée de l'escapade maternelle, mais avait tout de même tenu à mettre en place les règles. Lui qui, depuis la naissance ne connaissait que ça, et était écrasé, jusqu'à ses choix amoureux, par les lois, les convenances et autres protocoles.

Dans la queue pour faire un tour de tasses tournantes, Elizabeth, bien que d'une composition solide, avait senti que la situation nécessitait l'intervention des services de sécurité qui, je l'avais compris à ce moment-là, n'avaient jamais été très loin de nous. Sur le trottoir en face du Franprix. À deux tables de nous au restaurant. Dans une voiture garée en face de l'hôtel à Trouville. Dans une chambre voisine chez Mickey. Elle avait eu l'intuition que son état général ne lui permettrait pas d'avancer davantage dans cette attente au manège et surtout dans cette sympathique parenthèse avec moi, et ce dont nous n'avions jamais parlé en deux jours nous avait coupé la route nette. Oui, Elizabeth était une femme de tout juste quatre-vingt-quinze ans qui venait de perdre son mari, une femme que j'avais vue prendre des médicaments par poignées le matin avant de partir à Trouville, et aucun programme en ma compagnie, si farfelu soit-il, ne pouvait éloigner longtemps l'évidence : la reine s'éteignait tout doucement.

*

Quand nous nous sommes retrouvées dans la voiture en route pour Paris, Elizabeth tenait toujours ma main, et j'ai su à cet instant que je ne retournerais pas vivre chez moi, et que je la suivrais. Une maison j'en avais une nouvelle désormais, sans toit, ni murs, ni cloisons, ni même un paillasson, et ce nouveau domicile c'était d'être en sa compagnie. Pas question de revenir à l'avant, qu'importe le temps que durerait l'après.

Lui caressant l'avant-bras alors qu'elle reposait sa tête sur mon épaule, j'avais demandé : « Votre Majesté, si ça ne vous dérange pas, j'aimerais passer par chez moi prendre quelques affaires et ensuite vous suivre pour une durée indéterminée. Peut-être qu'il reste une place pour être une de vos dames de compagnie ou même être la dame de compagnie d'une de vos dames de compagnie, ou quelque chose dans ce genre. » Tout en fermant les yeux pour les reposer, elle m'avait répondu : « Ma chère Sophie, s'il y a deux choses dont je sois assurée, c'est qu'il y aura toujours de la place pour vous à mes côtés, et que ce sera pour une durée pas du tout indéterminée… mais que je m'efforcerai de faire la plus longue possible, je vous le promets. »

Elle aura tenu sa promesse presque dix-huit mois. Dix-huit merveilleux mois, qui, il faut le reconnaître auront été des moments aussi drôles qu'improbables, à commencer par notre arrivée à Buckingham Palace quelques heures seulement après avoir été exfiltrée du manège. Après être passée par chez moi pour remplir deux grandes valises dans lesquelles j'ai jeté les objets dont je savais qu'ils me manqueraient si je les laissais. Certains étaient des choix étonnants comme le calendrier avec les chatons ou le rouleau de papier toilette entamé. D'autres, beaucoup plus logiques, telles les bagues de ma mère et ma grand-mère que je plaçai toutes sur mes doigts pour ne pas les perdre. Ainsi je repartais de cet appartement que j'avais toujours connu, les doigts engoncés dans des métaux précieux, et une valise remplie du tailleur Chanel de ma grand-mère, d'un pyjama élimé aux coudes de mon père et de la robe de mariée de ma mère. J'emportais aussi ma couverture d'enfant toujours enfermée dans sa prison de housse plastique protectrice. Quelques livres, dont mon *Alice au pays des merveilles* que je montrerais à Elizabeth le moment venu. Enfin, je laissais derrière moi toute la vaisselle à son effigie que j'avais pu rassembler au fur et à mesure du temps pour ne prendre avec moi que nos deux verres à moutarde du premier de nos dîners. Et tous les aimants du frigo.

Il y eut quelques sourcils relevés et quelques sourires en coin quand je débarquai, les oreilles de Minnie toujours sur la tête, dans les larges couloirs du palais de la reine. Charles fut charmant, comme un futur roi. Il me remercia d'avoir pris soin de sa mère sans se rendre compte que c'était plutôt l'inverse. Il fut surtout ravi de savoir que j'avais l'intention de rester, lui qui, me confia-t-il, avait si peur que sa mère ne s'ennuie maintenant que son père n'était plus là.

Il fut alors décidé de m'installer dans la chambre qu'occupait autrefois la princesse Anne, quand elle était adolescente, dans l'une des ailes les plus anciennes et les plus charmantes du château. J'étais ainsi à cinq minutes de déambulation à pas feutrés sur les moquettes et trois escaliers des appartements d'Elizabeth, et disposais d'une vue splendide sur le jardin. Où, au fond, je devinais Hyde Park Corner.

Ce jardin, pendant dix-huit mois Elizabeth et moi l'avons parcouru, au moins deux fois par jour, quand elle promenait ses chiens qu'elle aimait tant que j'avais fini par les aimer. Je n'avais jamais compris auparavant pourquoi les gens adoptaient des chiens, alors qu'il était si facile d'acheter une plante en plastique qui jamais ne nous demanderait d'effort, ni ne ferait la désagréable surprise de mourir. Lilibet m'avait confié qu'à l'inverse elle avait hésité à reprendre des toutous passé l'âge de quatre-vingt-dix ans, car elle ne voulait pas qu'ils vivent, eux, le chagrin de sa disparition.

Ces dix-huit mois furent aussi déchirants tant parfois j'ai cru la perdre sans avoir le temps de nous dire au revoir. À sa demande, j'ai eu l'honneur de la réveiller chaque matin, exactement de la même façon que chez Mickey, les vapeurs d'huîtres et de vin blanc en moins. La plupart du temps en tout cas. Je mesurais ma chance car c'était toujours un moment très doux et convivial entre nous, et pendant quelques minutes chaque jour, autour d'une tasse de thé, nous étions à nouveau un peu seules au monde comme lors de notre merveilleuse parenthèse. Mais ce sont aussi dix-huit mois et trente fois plus de matins à me préparer à la trouver un jour ses yeux impossibles à ouvrir, définitivement endormie.

Elle aura eu pourtant la dernière générosité de se réveiller le matin de sa mort et de ne pas me faire vivre cette douleur-là en plus du reste, pour finalement s'éteindre quelques minutes après le déjeuner, que personne ne prit ce jour-là.

Dix-huit mois qui lui avaient permis de me laisser un dernier cadeau, en dehors de ce petit château écossais avec vue sur sa forêt préférée. Un cadeau en forme de lettre que je tiens dans les mains, une lettre toujours fermée par le sceau de cire estampillé « ER », *Elizabeth Regina*, une lettre qu'il est temps de lire, enfin.

*

« Ma *dear* Sophie, quand vous lirez cette lettre c'est que nous aurons, hélas, été séparées. Je sais que les gens les plus importants de votre vie vous ont quittée brutalement et il était nécessaire pour moi de vous écrire pour que vous n'ayez surtout pas l'impression que ça vous arrive à nouveau. C'est un départ en douceur que je souhaite et que je vais avoir.

Grâce à vous, j'ai pu vivre ces derniers mois dans une légèreté que je pensais avoir enterrée avec mon Philip. Grâce à vous, j'ai retrouvé mes jeunes années et une fantaisie que mon métier avait mise à mal au fil du temps. Grâce à vous, je n'ai aujourd'hui pas peur de mourir car je sais que j'ai vraiment vécu presque tout ce qu'il y avait à vivre, et que ce qui n'a pas eu lieu n'était sans doute pas fait pour moi. Comme les manèges qui tournent dans tous les sens par exemple.

Mon seul regret est de devoir vous laisser car je suis sûre que j'aurais apprécié encore quelques longues discussions en votre compagnie, comme toutes ces fois où vous êtes venue passer des après-midi assise sur le bord de mon lit quand les médecins me forçaient au repos. Je me souviens de la manière dont sur mon couvre-lit votre ombre tournait avec le soleil et me donnait une idée du temps que duraient ces échanges. Je ne doute pas que vous auriez été capable encore et encore de me faire recracher mon thé par le nez à chacun de vos bons mots. Vous êtes si drôle, autant que l'était ma douce Margaret, d'ailleurs, et c'est d'autant plus admirable, car, comme elle, votre vie pendant longtemps ne l'a pas été. Et je vous souhaite qu'elle soit désormais tricotée de douceur, d'humour et d'émerveillement.

Sachez que vous donnez une formidable envie de vivre, ma *dear* Sophie. La preuve, les médecins m'avaient annoncé quelques semaines à vivre, Philip était même terrifié par l'idée de me voir partir la première. Et grâce à vous, j'ai eu tout ce temps supplémentaire.

Même si je ne suis physiquement plus à vos côtés et même si je sais que nous ne partageons pas la même vision de l'après, sachez que je serai là, près de vous.

N'en doutez jamais.

Je vous ai vue vous ouvrir au monde durant ces derniers mois et je n'ai pas envie de rater la suite, car il y aura une suite, ma *dear* Sophie, ça ne fait aucun doute. Mais pour ça n'ayez pas peur de vivre, même si à la fin on meurt.

Avant de terminer cette lettre, sachez combien vous m'avez rendue heureuse et combien je ferai en sorte que tout le reste de votre vie soit du même bois.

Que ces deux pensées ne vous quittent pas.

J'en ferai de même. Jamais loin.

Je vous embrasse,

Your Lilibet. »

*

Le soleil est à son point le plus haut dans le ciel pour un 5 février. Une tasse à la main, la lettre repliée dans l'autre, je sors faire quelques pas dans le jardin. Le bruit du gravier sous mes pas va très bien avec la sensation de fraîcheur des larmes sur mes joues.

Le soleil les sèche.

Je lève les yeux vers le ciel. Deux tout petits nuages et un plus gros se baladent. À eux trois ils forment très distinctement une tête de Mickey. Lilibet n'est pas loin. Elle avait raison. Elle avait toujours raison.

Mes larmes ont séché.

Vivons alors, puisque tout le monde est mort.

P.-S. : le département 56 est le Morbihan.

Remerciements

Si écrire un roman est un marathon, écrire un deuxième roman est un pentathlon avec des chaussures trop petites un jour de migraine.

« Elle fut longue la route, mais je l'ai faite la route. »

Et il aura fallu pour réussir à atteindre la ligne d'arrivée la compagnie d'une foule enthousiaste.

Merci à Sophie Hogg pour cette incroyablement efficace rencontre et ces litres de boisson orange.

Merci Guillaume Robert et Louise Danou pour cet accueil dans la si belle maison Flammarion.

Merci à la Reine d'Angleterre d'avoir été cette source d'inspiration et merci de ne pas m'avoir faussé compagnie trop tôt.

Et puis merci au premier lecteur de ce deuxième roman, qui est également mon premier, et unique, mari.

Vivement la suite.

Table des matières

Vingt-deux ans plus tard

Vingt-deux mois plus tard

Cet ouvrage a été mis en pages par

<pixellence>

CET OUVRAGE
A ÉTÉ ACHEVÉ D'IMPRIMER
SUR ROTO-PAGE
PAR L'IMPRIMERIE FLOCH
À MAYENNE EN AOÛT 2023

N° d'édition : 553644-0. N° d'impression : 103038
Dépôt légal : septembre 2023
Imprimé en France